KB128666

괜찮지 않아도 가끔은 괜찮은 삶

박채은 · 블루 지음

가끔은 괜찮지 않아도 괜찮은 삶

마음속 우울을 끌어안고 잘 살아가고픈 사람들에게

초 판 1쇄 2024년 03월 15일

지은이 박채은, 블루
펴낸이 류종렬

펴낸곳 미다스북스
본부장 임종익
편집장 이다경
책임진행 김가영, 윤가희, 이예나, 안채원, 김요섭, 임인영, 권유정

등록 2001년 3월 21일 제2001-000040호
주소 서울시 마포구 양화로 133 서교타워 711호
전화 02) 322-7802~3
팩스 02) 6007-1845
블로그 http://blog.naver.com/midasbooks
전자주소 midasbooks@hanmail.net
페이스북 https://www.facebook.com/midasbooks425
인스타그램 https://www.instagram/midasbooks

ISBN 979-11-6910-546-0 03810

값 17,500원

가끔은 괜찮지 않아도 괜찮은 삶

마음속 우울을 끌어안고 잘 살아가고픈 사람들에게

박채은 · 블루 지음

미다스북스

차례

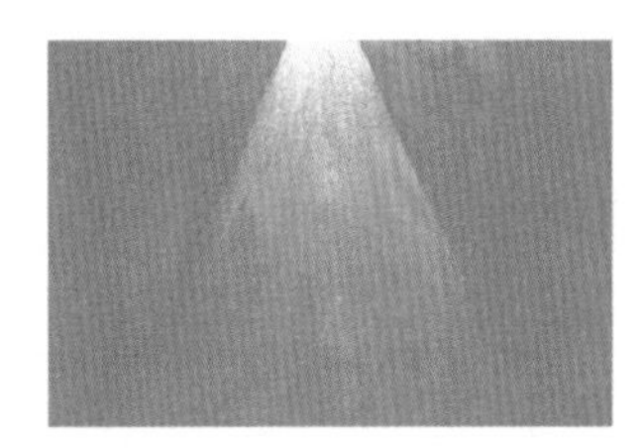

1장

블루의 이야기

여전히 힘들어도 꾸준히 마음을 달래며

2장

채은의 이야기

아프더라도 위로의 힘으로 다시 일어서며

3장

우리들의 병원 이야기

같이의 가치가 소중하다는 걸 깨달으며

4장

가끔 괜찮지 않은 우리를 안아주는 법

삶에 지친 우리를 위하여

이 책에 나오는 인물들의 이름은
모두 이니셜 혹은 가명임을 밝힙니다.

작가의 말

우리는 K 대학교병원 43병동에서 처음 만났습니다.

블루가 입원할 당시에 채은이 있었고 우리는 서로 인사를 했죠.

채은이 블루에게 말을 자주 걸어주었고 먹을 것도 나눠 먹으면서 우리는 자연스럽게 친해졌습니다. 또한 휠체어를 타는 채은을 블루가 자주 도와주기도 했습니다.

우리는 자연스럽게 병동에서 같은 우울증을 겪는 다양한 사람들을 만났습니다.

함께 서로의 아픔을 이야기하다 보니 우울증을 겪는 많은 이들에게 우울증과 함께 살아가는 우리의 이야기를 공유하고 싶었습니다. 건강한 사람들에게는 정신 건강이 삶에 얼마나 중요한지 알리고 혹 아픔이 있다면 정신건강의학과의 문을 두드리는 것을 주저하지 말라고 전하고 싶었습니다.

항상 기쁘고 행복하면 좋겠지만 혹 괜찮지 않은 날에도 우린 잘 살 수 있다는 것을 꼭 기억하고 싶습니다.

가끔 괜찮지 않아도 밝은 세상을 향해 나아가는 우리가 되길 바라며.

블루 & 박채은 씀

1장

블루의 이야기

여전히 힘들어도 꾸준히 나를 달래며

블루는 어처구니없는 이유로 학창 시절 따돌림을 당해야 했습니다. 그 경험이 상처가 되어 지금까지 우울증을 앓고 있습니다. 대학교를 자퇴한 이후부터는 부모님과도 사이가 멀어졌고 인간 관계에 대한 스트레스를 꾸준히 받고 있어서 여전히 힘든 나날을 보내고 있지만 유튜브 채널을 운영하거나 그림과 글을 쓰는 취미로 자신의 마음을 달래고 있습니다.

/ 01

망가진 나의 마음

나는 고1 때부터 정신건강의학과 약을 먹기 시작했다. 이유는 그저 우울증 테스트에서 점수가 가장 높았기 때문이다. 솔직히 그때는 약을 먹기 싫어서 약을 몰래 버리고는 했다.

그러던 어느 날 나의 트라우마를 건드린 사람이 있었다. 바로 초등학교 때부터 괴롭힌 애였다. 그 애는 나랑 같은 중학교를 다녔다.

나는 맞벌이를 하시는 부모님의 상황 때문에 외할머니 댁에서 10년 동안 지내야만 했다. 나를 괴롭혔던 그 아이는 초1 때부터 내가 다른 지역에서 전학을 왔고 부모님이 아니라 외할머니랑 산다는 이유만으로 나에게서 돈을 빼앗고, 나를 때렸으며, 내가 남자만 밝히는 못된 아이라는 헛소문을 퍼뜨렸다. 그 바람에 나는 왕따를 당했다. 심지어 그때 같은 학원에 다니던 아이들도 나를 무시했고 선배들은 애들을 시켜 야구 방망이나 우산으로 때리기 일쑤였다.

또한 나는 어릴 때부터 그림 그리는 걸 좋아했다. 그런데 그 아이는 내 그림 노트를 버리거나 거기에 낙서를 하고 심지어 내가 보는 앞에서 그림을 조롱하기도 했다. 부모님과 함께 안 산다는 이유로 주변 아이들로부터 패륜적인 모욕과 성적인 조롱을 당했고, 강제로 찍힌 내 굴욕적인 사진은 유튜브에 올려지기도 했다. 부모님께 얘기하면 죽이겠다는 협박이 무서워서 내 상황을 부모님이나 할머니, 할아버지께 말씀을 못 드렸다. 당시 담임선생님께 말씀을 드렸으나 선생님은 아이들에게 나를 투명인간 취급하라고 하셨다. 그 말은 나에게 더 큰 상처가 되었다. 나는 그렇게 우울한 초등학교 생활을 보냈다.

어느덧 중학생이 된 나는 소심한 성격을 바꾸고 싶은 생각을 잠시 했지만, 아픈 상처의 기억으로 두려움이 앞서 그냥 조용히 지내고 있었다. 그러던 어느 날, 나를 괴롭히던 그 아이가 짝꿍이 되는 불행을 마주해야 했다. 그 아이는 당연하다는 듯 내 교복을 구기고 쓰레기통에 버렸다. 또한 내가 체육복을 갈아입을 때 남학생들이 창문으로 보도록 소리를 지르거나 남학생들을 데려와서 내 몸을 평가하게 하기도 했다. 학폭위를 열었는데 내가 경찰에 신고하겠다고 하니까 학교 측에서는 돈으로 사건을 마무리하려고 하였다. 그리고 경찰도 이 사실을 알고도 묵인한 것으로 알고 있다. 당시 5명의 피해 학생은 어른들의 만행으로 큰 상처를 입게 되었다.

중3 때는 내가 학교폭력을 당하고 있음을 부모님께 장난식으로 말해봤는데 부모님은 "네가 부족해서 그런 거야."라고 하셨다. 그 말에 나는 큰 충격을 받았고 그 뒤로는 부모님께는 모든 걸 숨기고 살아왔다.

시간이 지나 나는 실업계 고등학교에 갔다. 그곳에서 불행히도 그 아이를 또 만나게 되었다. 입학식 때 만난 그 애는 날 보더니 대뜸 나를 조롱했다.

"공부를 얼마나 못했으면 이 학교에 오냐, 찐따면 찐따답게 지내라. 전처럼 괴롭혀줄 테니까 기대해."

당시에는 당당하게 말했다.

“내가 왜 너한테 괴롭힘이나 당해야 해? 어릴 때부터 괴롭혔으면 이젠 충분하지 않니? 너나 잘해.”

그러나 그 말이 새로운 불행의 시작이 되어버렸다.

다른 반이었던 그 애는 매번 우리 반에 찾아와 내 책상에 ‘죽으라’고 써놓거나 내 그림 노트를 찢는 등 초, 중 때와 똑같은 일을 벌였다. 그걸 본 우리 반 친구들은 처음엔 별로 신경을 안 썼지만, 그 애는 내가 과거 학교폭력 가해자였고 자기는 학교폭력 피해자이니 나를 괴롭혀달라는 말도 안 되는 유언비어를 퍼뜨렸다. 그날로 내 고등학교 생활은 완전히 망가져버렸다. 반 친구 중 하나는 내가 보조 배터리를 사용하고 있으면 “나 좀 쓸게!” 하고는 보조 배터리를 빼앗아 함부로 던지거나 발로 밟아버리기도 하고 자기 핸드폰을 충전시키고 종례 시간이 되어서야 돌려주는 일이 다반사였다. 내 것임에도 불구하고 나는 핸드폰 배터리가 없으면 없는 대로 지내면서 핸드폰보다 컴퓨터 시간에 컴퓨터만 하는 일이 더 많았다.

그뿐만 아니라 우리 반 단톡방에 내가 수업을 듣는 사진을 올려서 내 모습을 박제하고 어렵게 사귄 내 친구까지 괴롭혀서 나와 내 친구는 매우 힘든 시간을 보냈다. 지금도 내 친구를 생각하면 나 때문에 힘들었을 친구에게 한없이 미안한 마음이 든다. 만약 시간을 되돌릴 수 있다면 친구를 사귀는 게 아닌 외톨이가 되는 것을 선택하고 싶다.

물론 괴롭힘을 당하지 않고 당당하게 맞서는 게 더 좋다는 것을 알았지만 당시 나는 너무 소심해서 그렇게 대처하지 못했다.

그래서 이때부턴 사람만 보면 속으로는 매우 두려웠고 사람을 거부하게 되었다. 애들은 내게 아무 말도 안 하는데도 내 귀엔 '차라리 죽어!'라는 환청이 들리기 시작했다.

그제야 나는 약을 버리지 않았다. 내가 아프다는 건 사실이었기에 먹기 싫어도 나의 치료를 위해 꼬박꼬박 먹기 시작했다. 먹었다기보다는 그냥 억지로 입에 털어넣었다.

이 글을 쓰는 지금 나는 다시는 기억하고 싶지 않았던 학창 시절이 생생히 기억나 어지럽고 심장이 막 뛰고 구토 증상을 느낀다. 그러나 글로 표현하고 털어낸다고 생각하니 마음 한편은 후련함과 속 시원함이 더 크다.

그 당시 나를 힘들게 하던 아이들은 어디서 무얼 하는지 모르지만, 그 애들이 이 이야기를 꼭 읽었으면 좋겠다. 철없이 저지른 그들의 행동이 얼마나 나쁜 짓이었는지 깨닫고 그로 인해 내가 얼마나 힘들었는지 알고 나한테 사과했으면 좋겠다.

채은의 Talk

블루가 이렇게까지 힘든 학창 시절을 보냈는지 나는 정말 몰랐다. 만약 그때 내가 블루를 알았더라면, 블루를 그 가해자 아이들이 괴롭히지 못하도록 도움을 청하는 걸 알려주었을 것 같다. 그리고 무엇보다 그렇게 힘들었던 어린 시절의 블루를 꼭 안아주고 싶다는 생각이 들었다.

"그렇게 힘들었던 어린 시절의 블루를 꼭 안아주고 싶다는 생각이 들었다."

/ 02

우울할 때는 이렇게 한다

나는 우울할 때 그림을 그리거나 글을 쓰는 편이다. 글이나 그림에 집중을 하다 보면 잡생각이 사라지고 우울한 것도 잊어버린다.

사실 글을 쓴 지는 얼마 되지 않아서 5개의 작품뿐이다. 글의 장르는 다양하다. 사극이나 대규모 재난 시리즈, 내 세계관, 마피아 등이다. 아직은 내 소설이 딱히 맘에 들지 않아 아는 사람이 몇 안 된다. 하지만 언젠가 마음에 드는 스토리가 완성되면 공개하고 싶다.

또 나는 밈을 만드는 유튜브 채널을 운영하고 있다. meme이란 음악에 맞춰 캐릭터가 트위닝을 하는 영상을 뜻한다.

때로는 음악을 듣기도 하는데 주로 록이나 게임 OST, 미방영 애니메이션 OST를 듣는다.

우리 집엔 두 마리의 반려견이 있다. 중학교 다닐 때 나의 우울한 정서를 위로하고자 엄마는 지인에게서 강아지 두 마리를 데려오셨다. 내가 슬픔에 잠겨 울 때면 내 곁에서 눈물을 핥아주는 아이들에게 큰 감동과 위로를 받는다. 그래서 우울증을 앓고 있는 사람들에게 반려동물을 키워보기를 권한다.

채은의 Talk

내가 우울할 때 하는 것들과 블루가 우울할 때 하는 것들이 그렇게 다르지 않은 것 같다. 나도 블루처럼 마음이 울적할 때면 글을 쓰거나 음악을 듣는다. 강아지에게서 위안을 얻는 것도 블루와 비슷하다. 우울하지만 이렇게 다양한 일들로 우리의 우울을 잘 이겨내고 있다.

"이렇게 다양한 일들로 우리의 우울을 잘 이겨내고 있다."

/ 03
Good Bye & Hello 학교

나는 강원도에 있는 한 대학교 체육 계열 학과에 진학했다. 당시 나는 학창 시절 받았던 상처가 너무 커서 몸도 마음도 아주 힘든 상태였다. 그럼에도 새로운 마음과 큰 포부로 공부도 열심히 하고 친구들과도 잘 지내보겠다고 결심했다. 그러나 새로운 관계를 맺는 것에 두려움이 있었던 걸까? 동기들과 잘 어울리지 못했고 홀로 지내는 시간이 많았다. 친구들이랑 어울리는 것보다 혼자 있는 것이 더 익숙해져서 그것이 편하다고 느껴졌다. 아침이면 혼자 일어나고 혼자 밥을 먹고 혼자 수업을 가고 혼자 기숙사로 돌아왔다.

그러던 어느 날 고등학교 때 같은 반이었던 아이를 학교에서 마주치게 되었다. 그녀는 매일 밤 내 방에 찾아와 괴롭히기 시작했다. 다른 친구들의 제지를 받고 나서야 괴롭힘을 멈추었으나 그 일로 다시 나의 과거가 떠올랐다. 어둡고 괴로웠던 기억이 나를 지배했고 결국에는 약물 자살 시도를 하게 되었다.

어쨌든 나는 1학기를 겨우 마치고 나의 자퇴 의사와 함께 이후의 계획을 부모님께 말씀드렸다. 예상대로 부모님의 반대는 완강하셨고 격해진 감정으로 집안의 분위기는 최악의 상황을 맞이했다. 이후 나는 말을 잃었고 스스로 외톨이가 되었다. 그러나 나를 제외한 모든 식구는 아무 일도 없는 듯 화목하고 평화로운 일상을 이어갔다.

지금의 나는 새로운 학교, 원하던 학과에 지원하여 합격 통지를 받아둔 상태이다. 누군가와 상호 관계를 맺고 이어간다는 것에 대해 두려움이 있어 혼자가 편하다고 말하지만, 나의 아픔을 이해해줄 수 있는 친구가 나타난다면 나는 분명 그에게 마음을 열고 싶을 것이다.

채은의 Talk

나도 겪어봐서 안다. 시끌벅적하고 바쁜 세상에서 나 혼자만 있는 느낌, 그건 아무리 노력해도 익숙해지지 않는다. 그래서 블루가 자퇴를 선택한 이유를 알 것 같기도 하다. 나도 이 글을 쓰는 현재까지 휴학과 자퇴에 대해 끊임없이 생각하고 있으니 우린 참 닮은 점이 많은 것 같다. 그래도 원하는 학과에 붙은 만큼 이번엔 블루가 혼자가 아니라 좋은 사람들과 어울리며 행복한 학교생활을 했으면 좋겠다.

"이번엔 블루가 혼자가 아니라
좋은 사람들과 어울리며 행복한 학교생활을 했으면 좋겠다."

/ 04

블루가 우울을 견디는 법: 유튜브

나는 이 글을 쓰고 있는 날을 기준으로 853명의 유튜브 구독자를 보유하고 있다.

유튜브는 초등학생 때 시작했는데 영상을 올렸다 지웠다 하고 유튜브계를 떠났다 돌아오기를 반복해서 구독자가 잘 오르지 않았다.

하지만 2019년 7월 24일부터 다시 유튜브를 시작해 고1 때는 1일 1영상을 올리다 고2 때는 3일 1영상으로 줄였다. 1일 1업로드를 하니 조회 수도 많이 늘고 구독자도 하루에 50명이 넘게 늘어 30명도 안 되던 구독자는 순식간에 300명까지 올라갔다.

고3 때는 수능 준비를 하느라 영상을 거의 올리지 못했다. 그래서 구독 취소가 생기고 조회 수도 줄어들었다. 지금은 가끔 시간이 날 때마다 영상을 올리고 있으며 조회 수는 다시 올라가는 상황이다. 비록 구독자는 그대로이지만 말이다.

하지만 유튜브가 점점 성장할수록 영상을 올려야 한다는 압박감이 생기기 시작했다. 영상 편집을 하는데 영상 편집이 잘 안 되자 나에게도 유튜브 권태기가 왔다는 것을 깨닫게 되었다. 결국 유튜브를 한 달 이상 쉬게 되었다.

걱정하는 구독자들에게 그나마 하트와 답글로 소통하면서 그 시간을 보냈다. 다시 예전으로 돌아오니 다들 진심으로 반가워해줘서 다시 꾸준히 열심히 업로드하고 있다.

내 콘텐츠는 앞에서도 얘기했지만 그림과 게임, meme animation이다. 가끔 박자 편집도 올리고 있다.

채은의 Talk

나도 우울증을 조금이라도 잊어보기 위해 유튜브를 시작했다. 비록 80명 조금 넘는 구독자가 있지만, 블루의 말대로 유튜브를 하는 것이 나에게 도움이 된다. 아무도 영상을 보지 않을지라도 내가 스토리를 짜고 그걸 편집하고 올리는 것을 하다 보면 어느새 우울감이 없어진다. 그래서 꼭 유튜브가 아니더라도 우울을 끌어안고 잘 살아갈 수 있는 어떤 취미 하나는 꼭 하나씩 가지고 있었으면 좋겠다.

"우울을 끌어안고 잘 살아갈 수 있는
어떤 취미 하나는 꼭 하나씩 가지고 있었으면 좋겠다."

/ 05
나와 비슷한 아픔을 가진 친구들

나의 친구들 몇 명은 나처럼 우울증을 가지고 있다.

그중 내가 가장 아끼는 친구가 한 명 있는데 그는 중학교를 자퇴하고 검정고시를 봐서 대학에 갔다. 사실 친구는 자신이 원하던 학과도 아니었고, 바로 취업하기를 원했다. 하지만 부모님의 강요로 할 수 없이 대학에 들어갔고, 원하지 않던 대학 생활에 적응하지 못해 친구는 결국 자살 시도를 했다. 그는 여전히 병원에서 치료받고 있다.

뇌졸중으로 하늘의 별이 된 친구도 있고 쌍둥이 친구들은 한 달 차이로 스스로 생을 마감했다. 처음엔 떠나버린 친구들이 무척이나 그립고 보고 싶어서 많이 울고 수도 없이 원망했다. 그러나 시간이 약이 된 걸까? 추억도 희미해지고 친구들이 없는 세상도 자연스럽게 익숙해졌다.

한 가지 바람이 있다면 가끔 꿈에서라도 만나는 것이다. 아직 꿈에 나타난 적이 없다. 내가 할 수 있는 거라곤 셋이 하늘나라에서 만나 잘 지내고 있기만을 간절히 기도하는 것 뿐이다.

채은의 Talk

내 주변에도 정서적인 어려움을 가진 친구들이 있다. 그리고 나도 블루처럼 자살로 세상을 떠난 친구가 있다. 나를 살뜰하게 챙겨주었던 친구였기 때문에 참 많이 아파서 울었다. 내가 그렇게 슬펐으면서 왜 문득문득 자살 생각이 나는지 정말 모르겠다. 나도 블루도 그 우울과 함께 잘 살아내길 바랄 뿐이다.

"내가 할 수 있는 거라곤 셋이 하늘나라에서 만나
잘 지내고 있기만을 간절히 기도하는 것뿐이다."

/ 06

블루, 아팠지만 약으로 살다

나는 초등학교 때 산만하였고 집중하는 것을 어려워하였다. ADHD 약을 먹기 시작한 것은 4학년 때로 기억한다.

어느 날 내가 ADHD 약을 먹는 것을 알게 된 친구가 정신병자라고 소문을 냈다. 그래서 아이들은 학교 화장실에 있는 거울에다가 '블루는 정신병자니까 자살해라.'라고 써놓았고 대놓고 내 흉을 보기까지 했다. 그런 놀림에 익숙했던 나는 그들의 언행을 무시했고 밤마다 우는 걸로 스트레스를 풀었다. 초등학교 6학년을 마칠 때쯤 ADHD 치료가 종료되어 약을 더 이상 먹지 않았으나 고1 때부터는 우울증이 발병하여 약물 치료를 다시 시작했다.

나도 블루처럼 정신과 약을 먹는다고 우울증을 이해하지 못하는 가족과 지인들한테 상처받은 적이 있다. 상담 치료와 약물 치료를 받는 것은 그래도 삶에 대한 의지와 희망을 갖기 위한 것임을 많은 사람이 이해해주면 좋겠다. 정신과 치료를 받는다는 이유로 편견의 시선이 계속된다면 스스로 생을 마감하는 사람들의 뉴스가 더 많이 들려오는 어두운 사회가 되지 않을까.

"상담 치료와 약물 치료를 받는 것은 그래도 삶에 대한 의지와
희망을 갖기 위한 것임을 많은 사람이 이해해주면 좋겠다."

/ 07

혼란스러운 우리 가족

우리 집은 내가 있으면 싸늘해지는 것 같다. 싸울 때를 제외하고 우리는 각자 자기 할 일에 집중하고 꼭 필요한 대화만 하는 편이다. 우리 집이 이렇게 변화된 시점은 슬프게도 내가 학교를 관둔 이후부터이다. 사실 그 전에는 엄마와 대화도 자주 하고 맛집도 탐방하고 성인이 되고 나서는 부모님과 함께 오붓하게 술을 마시기도 했다.

하지만 내가 대학을 자퇴하자 부모님께서는 내게 큰 실망을 하셨다. 그래서 심한 말도 많이 들었고 동생들에게조차 무시당했다. 그 이후부터 우리는 눈만 마주치면 싸웠고 감정이 격해진 어느 날 부모님께 말했다.

"내가 이렇게 된 이유는 초등학생 때 이사 온 이후부터 내 인생이 망가졌기 때문이에요."

하지만 부모님은 언성을 높이시며 "다 네가 부족해서 그래. 원만하지 않은 성격 때문이야."라고 하셨다. 난 그 말을 듣고 울면서 집을 나갔다. 새벽이 되어서야 집에 들어갔을 때 불은 모두 꺼져 있었고, 엄마는 소파에서 누워서 핸드폰을 하고 있었다. 나는 그런 엄마를 무시한 채 내 방으로 들어갔다.

이 글을 쓰고 있는 지금 나는 병원에 입원 중이다. 얼마 전에 동생과 통화했다. 엄마와 버터 쿠키를 함께 만들 정도로 내가 없는 집안의 분위기는 매우 화기애애하다고 했다. 그 이야기에 퇴원 후에 집이 아니라 쉼터로 가야 하나 고민하였다. 그러나 대학교에 다니며 기숙사에서 생활할 당시 부모님이 멀리 계신다는 이유로 매우 불안해했던 나를 알기에 쉼터는 도저히 갈 수가 없다는 결론을 내렸다.

전공의 선생님은 내게 부모님과 안 싸우는 법을 하루에 하나씩 적어보라고 하셨고 난 그 방법을 적으면서 마음을 다지고 있다. 퇴원 후 그 방법들을 잘 적용하여 가족들과 더 이상 싸우지 않고 평화롭게 지냈으면 좋겠다.

채은의 Talk

가족 중에 우울을 앓고 있는 사람이 있다면 그 가족은 불행해지는 것 같다. 나 역시 나만 없으면 우리 집은 화목하고 편안할 거로 생각했었다. 집에 있으면 있을수록 부모님과 부딪혔고 그래서 나는 빨리 독립하고 싶었다. 하지만 내 뜻대로 쉽게 이루어진다면 그건 인생이 아닐 것이다. 블루의 가족과 내 가족 모두 우리가 우울증을 가지고 있다는 이유로 더 이상 아프지 않았으면 좋겠다.

"블루의 가족과 채은의 가족 모두
우리가 우울증을 가지고 있다는 이유로 더 이상 아프지 않았으면 좋겠다."

/ 08

살고 싶지 않았어요

나는 고2 때부터 자살 시도를 했는데 그 횟수만 20번이 넘는다. 그중에 15번 정도는 다리에서 뛰어내리는 것을 시도했으나 매번 누군가의 신고로 도착한 경찰이나 구급차, 또는 지나가던 사람의 도움을 받아 아직 살아 있다.

그래서 처방받아둔 정신과 약을 한꺼번에 먹는 방법으로 자살을 시도했었다. 당시 상담 선생님께 전화해서 죽고 싶어서 약을 먹었다고 말씀드렸더니 상담 선생님이 즉시 엄마에게 전화해서 결국 나는 응급실에 실려 갔다. 약을 먹고 잠이 들어서 내가 어떻게 병원에 갔고 어떤 처치를 받았는지는 기억이 잘 나지 않는다. 내가 정신을 차렸을 때는 내가 자해한 곳에 밴드가 붙어 있었고 나는 환자복을 입은 채로 수액을 맞고 있었다. 그런 내 옆에 엄마가 있었다.

그 당시에는 죽지 못했다는 허무함과 동시에 부모님 가슴에 대못을 박았다는 생각에 그저 미안하다는 말밖에 못 했다. 난 결국 깨어났고 응급실 비용은 16만 원이나 나왔다. 다른 사람들에게는 얼마 안 되는 돈이겠지만 넉넉하지 않은 우리 집 형편을 아는 나에게는 16만 원은 매우 큰돈이었다. 그렇게 후회했으면서도 나는 2주 뒤에 다시 약물로 자살 시도를 했다. 그 과정을 몇 번 반복하니 엄마가 더 이상 참을 수 없었는지 내게 "그냥 죽어버려."라고 말했다. 그때 당시에는 그 말도 큰 상처였지만 지금 생각하면 언제 죽을지 모르는 딸을 바라보는 엄마의 마음이 조금은 이해가 간다.

그 일 이후에도 나는 또다시 죽고 싶다는 생각이 들었지만, 뇌졸중으로 떠난 친구가 남긴 '너는 꼭 버티고 잘 살아서 성공해라.'라는 말 때문에 애써 마음을 진정시켰다. 내가 만약에 죽는다면 내 친구가 많이 슬퍼할 것 같아서 최대한 살아보려고 다짐을 해본다.

우울증을 앓고 있는 나에겐 '어떻게든 살아보자.'라고 생각하기가 매우 힘든 일이다. 그런데도 내가 행복하게 살길 바라는 사람들을 생각하며 잘 살아내보고 싶다.

채은의 Talk

딸이 자살 시도를 했다면 부모님의 가슴은 찢어지게 아팠을 것이다. 티는 안 내시지만 하루하루가 불안함의 연속이었을 것 같다. 나 역시도 그랬다. 블루만큼은 아니지만 나도 여러 번 자살 시도를 했다. 그때마다 블루의 어머니께서 말씀하신 것처럼 우리 아빠도 그러셨다.

"죽으려면 제대로 죽어라. 다른 가족들한테 피해 없도록 혼자 조용히 확실하게 죽어라."

난 그 말을 듣고도 서운하지 않았고 화가 나지도 않았다. 아빠의 말처럼 난 진짜 그렇게 죽고 싶었다. 블루의 말처럼 나보고 죽지 말라는 사람들은 많지만 나는 아직도 죽으려고 애쓰는 때가 많다. 그게 우울증이라면 이제는 그런 생각이 들더라도 내가 혼자 내 마음을 조절하는 방법을 알아야 하는데 나는 아직 그게 서툰 것 같다. 그래서 나는 끊임없이 노력할 것이다.

"우울증을 앓고 있는 나에겐
'어떻게든 살아보자.'라고 생각하기가 매우 힘든 일이다.
그런데도 내가 행복하게 살길 바라는 사람들을 생각하며
잘 살아내보고 싶다."

/ 09

숨 쉬기 힘든 날

나는 사람이 많은 곳에 가면 식은땀이 나고 과호흡이 찾아온다. 적은 사람들이 모여 있어도 불안 증세가 나타나는데 큰 도시의 사람이 많은 장소에 가면 정말 쓰러져 죽을 것만 같다. 그래서 그런 곳엔 잘 안 가려고 하는데 그게 생각보다 쉽지 않다.

나는 잠시 안전 요원 아르바이트를 하러 갔었다. 많은 사람 가운데서 식은땀을 흘리며 과호흡이 오는 것을 느껴야 했다. 내 나름대로 진정시키려 애쓰는 도중에, 나의 이상 증세를 눈치챈 동료의 도움으로 잠시 바람을 쐬면서 진정시킬 수 있었다.

나는 병원도 혼자 못 가는 사람이다. 진료실 앞에서 대기 중에도 불안감이 밀려오면 다른 사람들을 외면한 채 '나는 지금 혼자다.'라며 최면을 건다. 하지만 그것조차 도움이 되지 않을 땐 상담 선생님께 전화해서 이야기를 나누다가 진료실에 들어가곤 한다. 이처럼 불안함을 안고서라도 병원에는 혼자 가보려고 노력하는 중이다.

채은의 Talk

나는 블루처럼 호흡이 힘들진 않지만 답답하거나 스트레스를 받으면 명치에 뭐가 얹힌 것처럼 매우 답답하고 가슴이 조인다. 그래서 블루의 마음이 조금은 짐작된다. 우리가 가진 증상이 공황장애이든 아니면 다른 정신과 질환이든 신체화된 우리의 우울증이 빨리 치유됐으면 좋겠다. 솔직히 나는 우울증을 계속 앓고 있어도 힘들 때면 찾아오는 가슴의 답답함, 그것만 없어지면 조금 살 만할 것 같다. 그래서 부디 블루와 나에게 평온함이 있기를 간절히 소원해본다.

"부디 블루와 나에게 평온함이 있기를 간절히 소원해본다."

/ 10

나의 현재, 나의 근황

내가 우울증과 함께 산 지도 벌써 5년이다.

"이젠 슬슬 극복할 때가 됐는데 왜 아직도 그대로냐. 너는 의지가 없다. 약물에 의지해서 평생 살아야 하는 것은 아니냐."

주변에서 여전히 듣는 소리다. 그런 부정적인 이야기를 들을 때마다 또다시 죽고 싶단 생각을 한다. 그러나 나는 약물 치료와 상담 치료를 빼먹지 않으려 노력하고 있다. 청소년자립지원관에 가서 꾸준히 공부도 하며 대학 생활을 준비하고 있다. 최대한 긍정적인 생각을 하려 애쓰고 있다. 그 결과 예전에 비해 매우 나아진 것을 느낀다. 규칙적인 수면으로 무기력함도 줄었고 생활에 활력이 서서히 생기고 있다.

앞으로도 우울증을 잘 관리하며 살아가기 위해 최선을 다할 것이다.

채은의 Talk

블루의 상태가 아주 좋아졌다니 정말 다행이다. 예전보다 편안해졌다면 그건 절반의 성공이라고 본다. 우울증은 어쩌면 우리가 평생 가져가야 하는, 숙명 같은 마음의 병이다. 그래서 가끔은 괜찮지 않은 것에 익숙해지고 괜찮지 않아도 다시 잘 살아낼 수 있기를 바란다.

"가끔은 괜찮지 않은 것에 익숙해지고
괜찮지 않아도 다시 잘 살아낼 수 있기를 바란다."

2장

채은의 이야기

아프더라도 위로의 힘으로 다시 일어서며

채은은 태어날 때부터 뇌병변장애를 가지고 있었습니다. 그녀의 신체적 부자유함이 우울증의 원인이 되었습니다. 하지만 채은은 우울증과 함께 살아가면서도 그 누구보다도 열정적으로 살았습니다. 현재 유튜브 채널을 운영 중이며 글쓰기를 위해 우울증을 비롯한 자신의 일상을 인스타그램과 블로그에 올리며 많은 이들에게 자신만의 이야기를 들려주고자 노력하고 있습니다.

/ 11

내가 언제부터 우울했냐면

나의 우울증이 언제부터 시작되었는지 생각해보았다. 나는 우울증을 2018년도에 진단받았다. 하지만 우울증이 진짜 시작된 시점은 아마도 고등학교 3학년 때인 것 같다. 나는 6년 동안 필리핀에서 살았다. 필리핀에서의 삶은 정말 행복했다. 나는 원래부터 적응하는 데 시간이 걸리는 타입이다. 그런데도 선생님들과 친구들의 도움으로 마음을 활짝 열고 즐겁게 학교에 다닐 수 있게 되었다. 그렇게 적응하고 행복하게 살고 있었는데 고등학교 2학년 생활이 거의 끝나갈 무렵 부모님은 말씀하셨다.

"내년에 고3을 마치면 여기서 진학할 게 아니라 한국으로 들어가야겠다."

그 일방적인 통보에 나는 완전히 무너져버렸다. 아마도 사람들은 이렇게 물을 것이다.

"부모님은 부모님이고 너는 넌데 가기 싫으면 필리핀에서 남아 있으면 되지 않나?"

그 말이 맞다. 근데 나한테는 맞지 않는 말이었다. 왜냐하면 나는 뇌병변장애를 가지고 있기 때문이다. 나는 33주에 저체중인 2kg으로 태어나면서 뇌가 손상되었고 하체를 다스리는 신경세포가 제 역할을 못 하게 되었다. 물론 뇌병변장애를 가지고 있어도 내가 혼자 살 수 있었다면 필리핀에 남아 있을 수 있었다. 그러나 내가 장애 진단을 받은 후부터 현재까지 여러 번의 수술을 받고 재활 치료를 하고 있지만 여전히 독립 보행이 불가능한 상태이며 주로 휠체어에 의지해 생활하고 있다.

"엄마가 네게 혼자 독립할 수 있도록 재활 치료 열심히 하라고 했잖아! 그러나 너의 포기로 선택의 기회가 없잖니. 동생은 학교를 마칠 때까지 여기에 혼자 있더라도 너는 부모님 따라 귀국 준비를 해야 하지 않을까?"

엄마의 한마디에 내 머릿속은 완전히 엉켜버렸다. 아주 어릴 때부터 목발을 짚고 생활하는 것을 목표로 수많은 수술과 힘겨운 재활 치료를 견뎌왔다. 하지만 사춘기가 되면서 걸을 수 없는 내게 왜 자꾸 걷기 위해 운동을 하라는지도 모르겠고, 힘들다는 생각에 최선을 다해 운동하지 않은 것이 사실이었다.

엄마의 그 말을 들은 그 순간 난 '어차피 운동을 열심히 했어도 난 못 걸었을 것'이라며 무의식적으로 자기 합리화를 하고 지내고 있었던 날들에 대해 한없이 후회하기 시작했다. 나의 현실이 나의 잘못인 것을 인정하기 싫어서 부모님을 원망했다. 운동을 열심히 하지 않은 나를 강제로라도 운동시키지 않은 엄마를 미워했고, 반항하면서 집 안의 물건을 집어던지고 부모님의 가슴에 대못을 박는 저주의 말들을 퍼부었다. 장애인으로 태어난 나 자신을 혐오하며 미치도록 가슴이 터질 듯이 아팠다. 그러나 나만큼이나 힘들어하시던 엄마는 결국 쓰러졌고 치료를 위해 잠시 한국으로 귀국하였다. 심장에 심각한 무리가 갔다는 진단과 함께 과도한 스트레스로 인한 일시적 공황장애 진단을 받았다. 그 사건으로 우리 가족을 염려하는 여러 어른한테서 오는 질타를 피할 수가 없었다.

"채은아 너도 소중하지만, 너희 엄마도 소중한 사람이야. 엄마를 더 이상 힘들게 하지 말기를 바라. 제발 부탁이야."

그 당시에는 엄마가 쓰러진 일보다 내 말을 들어주는 사람이 없는 것이 더 서러웠다. 나의 반항심으로 두 주 동안 등교를 거부하고 방에 틀어박혀 있었다. 그동안 내가 한 것이라곤 그저 방에 무기력하게 누워서 핸드폰만 만지작거린 것이었다.

하지만 딱 2주. 엄마는 매일 아침 나에게 억지로 교복을 입히고 나를 차에 태워서 학교로 데려가셨다. 그러나 나의 학교생활은 눈물의 나날이었다. 수업 중에도, 쉬는 시간에도, 도시락을 먹다가도 갑자기 눈물을 흘렸고, 다른 친구들은 모두 웃고 있는데 나만 울고 있었다. 심지어 다른 반 친구들까지도 내 마음의 병을 눈치챌 정도였다.

나의 상태를 최대한 이해해주시고 도와주신 담임 JAN 선생님과 나를 위로해주던 친구들, 그리고 끝까지 포기하지 않으셨던 부모님 덕분에 마침내 졸업할 수 있었다. 하지만 졸업했다고 해서 나의 마음이 평온해졌던 것은 아니었다. 한국행 비행기를 타고 오면서 과거에 대한 원망과 나에게 펼쳐질 한국 생활에 대한 불안감에 한없이 울면서 우울해했다.

한국에 도착하자마자 제일 먼저 방문한 곳은 정신건강의학과였다.

블루의 Talk

채은이 많은 일이 있음에도 불구하고 정신건강의학과에 찾아 갔다는 것은 그녀의 강한 치료 의지가 있었기 때문이라는 걸 알 수 있었다.

나는 솔직히 약도 먹기 싫어서 버린 경우가 많았는데 이 글을 읽고 보니 나도 치료를 더욱 열심히 받아야겠다는 생각이 들었다.

"나의 상태를 최대한 이해해주시고 도와주신
담임 JAN 선생님과 나를 위로해주던 친구들,
그리고 끝까지 포기하지 않으셨던 부모님 덕분에
마침내 졸업할 수 있었다."

/ 12

마음이 아파서 찾아왔어요

나는 처음 만난 정신건강의학과 선생님이 무엇을 물어보든 그냥 다 고개만 끄덕였다. 그렇게 첫 처방을 받았다. 무슨 약이었는지는 기억이 나지 않는다. 내 기억에 남는 건 그 약을 먹고 계속 잠만 잤다는 것이다. 그 때문에 결국 엄마는 약 먹이기를 중단했고, 잠에 들지 못하는 시간엔 또다시 과거를 후회하고 원망하는 부정적인 생각들이 꼬리에 꼬리를 물며 나를 밤새 괴롭혔다.

나는 어릴 때부터 재활 치료를 위해 여러 병원과 복지관을 다닌 경험이 많이 있다. 재활 치료뿐만 아니라 음악 치료, 미술 치료, 놀이 치료 등 다양한 심리 치료를 받을 수 있었다. 그런 치료의 경험이 생각나서 심리 상담을 받고자 지역에 있는 정신건강복지센터를 방문했다. 간단한 우울 척도 검사 등을 받았고 초기 상담을 진행하였다. 센터 담당자는 우리 지역에 있는 정신건강의학과를 추천해주었고 그때부터 정기적으로 치료를 받기 시작했다.

처음 정신과에 갔던 날의 기억은 아직도 생생하다. 엄마와 분리해서 얘기하는 게 좋을 것 같다며 우선 나 홀로 상담을 받았다. 나는 처음 만난 의사 선생님이 두려워서 나의 마음 상태에 관해 물으시는 선생님께 제대로 대답도 못 했다. 엄마가 들어오셨고 나는 안정을 되찾았다.

의사 선생님이 물으셨다.

"어머니가 보시기에 따님이 예전과 비교했을 때 가장 달라진 점은 무엇일까요?"

엄마가 눈물을 흘리며 대답했다.

"과거에 재활 운동을 열심히 안 한 것에 대해 후회하는 것과 현실을 직시하지 못하고 대학 입시를 준비해야 하는데 무기력함으로 아무것도 하지 않는 것이에요."

엄마의 말을 들으신 의사 선생님께서 하신 말씀을 나는 아직도 기억한다.

"지금 채은 양이 아무것도 하지 않는 건 게을러서가 아니라 그동안 자꾸만 실패하다 보니까 성공의 경험이 별로 없어서 무언가 도전하기도 참 힘든 상황인 거죠. 지금 채은 양한테 무엇을 하라고 하는 건 다리가 부러진 사람한테 뛰라고 하는 건데 그게 되겠어요?"

의사 선생님의 그 말씀을 듣고 참았던 눈물이 터져나왔다. 나는 그동안 주변 사람들에게 단 한 번도 나의 마음을 인정받은 적이 없었다. 이 세상에 내 마음을 알아주는 사람이 있다는 것에 큰 위로가 되었고 따뜻하게 내 마음을 보듬어주신 선생님께 대한 강한 신뢰가 생겨났다.

그때부터 나는 상담 치료를 열심히 받기 시작했다. 처음엔 나의 상처를 꺼내어 오픈하는 것이 매우 힘들었다. 마음만큼이나 내 입술은 파르르 떨리고 목소리는 기어들어갔다. 시간이 지나서 의사 선생님과의 라포르 형성이 되었을 즈음 선생님은 내게 용기를 주셨다.

"저는 채은 양이 휠체어를 타고서도 대학 생활을 잘할 수 있을 거라고 굳게 믿거든요. 그러니까 원서라도 한 번 내보면 어때요? 만약 합격하더라도 정말 자신이 없다 싶으면 그때 가서 철회하기로 해요."

정신건강의학과 선생님뿐만 아니라 가족과 주변 친구들이 많은 응원을 해줬다. 그 덕에 대학교 원서를 접수했다. 그런데 정말 아이러니했던 것은 난 분명히 대학을 안 가겠다고 고집했던 사람인데 합격자 발표일이 다가올수록 꼭 붙기를 바라고 있다는 것이었다. 아마도 나의 내면에는 남들처럼 평범한 삶을 살고 싶은 욕구가 있었나 보다.

다행히도 K 대학교 심리학과에 입학하게 되었다. 대부분은 심리학을 공부해서 마음이 아픈 사람들을 도와주고 싶다고 하겠지만 나는 정반대였다. 내 심리 상태가 너무 궁금했고 내 마음의 어려움을 이해하길 원했기 때문에 심리학과를 선택했다. 대학교에 진학한 후에도 한동안 멀리 있는 주치의 선생님을 만나고 상담과 약물 치료는 계속 이어졌다. 선생님과의 유대 관계가 잘 형성된 상황에서 병원을 바꾸는 것을 많이 두려워했다. 후에는 가까이에 있는 대학병원을 선택했다. 안정되는 듯한 학교생활과 처음 만난 담당 교수님과의 만남으로 내게 펼쳐질 미래는 핑크빛으로 순탄할 줄만 알았는데 그건 큰 오산이었다.

블루의 Talk

채은의 엄마가 그녀를 아무것도 하지 않는다고 생각하셨다고 한 부분에서 나도 섭섭함을 느꼈다. 하지만 주치의 선생님께서 긍정적으로 얘기해주셨으니 '이래서 상담을 받는구나.' 하는 생각이 들었다.

"지금 채은 양한테 무엇을 하라고 하는 건
다리가 부러진 사람한테 뛰라고 하는 건데 그게 되겠어요?"

/ 13

우울함 vs 예민함

나는 2023년 11월에 대인 관계에 대한 스트레스로 대학병원 정신건강의학과 병동에 입원하게 되었다. 좀 호전되었다고 생각되어 4주 만에 퇴원하게 되었다. 하지만 가슴이 답답하고 불안감에 일상생활을 할 수가 없어서 3일 후에 재입원을 하였다. 재입원하던 날 바쁜 엄마를 대신해 아빠가 동행하였다. 아빠는 내가 자살 시도를 했어도, 우울증 때문에 두 번이나 휴학했을 때도, 내가 그저 정신력이 약해서 그런 거라며 아픈 나를 이해하지 못했다. 그러나 아빠는 나의 우려와 달리 주치의 선생님을 매우 깍듯하게 대했고 주치의 선생님께서 나의 상태를 설명하실 때도 주의 깊게 경청하며 여러 가지 질문을 했다. 순간, 나에게 험한 인생을 강하게 살아내야 한다는 아빠의 잔소리는 나에 대한 애정과 관심이었고 누구보다 걱정하고 있었다는 걸 깨닫게 되었다. 나를 향한 아빠의 마음이 정말 고맙게 느껴졌다.

아빠가 내 우울증을 조금이나마 이해하게 된 건 잘된 일이지만 사실 난 그날 적잖은 충격을 받았다. 그 이유는 바로 주치의 선생님이 설명하신 내 상태 때문이었다. 그날 의사 선생님께서 내게 하신 말씀을 요약하면 이렇다.

"전문가의 소견으로 보면 채은 양의 우울증은 그리 심한 편은 아닙니다. 또한 채은 양이 힘들어하는 이유가 인간관계에 대한 트라우마가 원인이라고 하기도 애매모호합니다. 예민한 성격 때문에 불안을 자주 느끼고 감정 기복이 심한 것으로 보입니다."

내가 힘든 이유가 우울증이 아니라 그냥 타고난 예민한 성격 때문이었다는 것이 나에게는 큰 충격이었다. 그렇게 나는 다시 입원했고 입원 후 전공의 선생님과의 면담에서 나는 이렇게 말했다.

"교수님께서 제가 이러는 게 제 예민한 성격 탓이라고 하셨는데 그럼 저는 평생 어떤 문제에 부딪힐 때마다 넘어지고 입원하고 그런 걸 반복할까 두려워요."

이 말을 들던 전공의 선생님은 말씀하셨다.

"성격을 바꾸는 건 어려운 일이지만 생각의 전환을 통해 조금씩 바뀌어나간다면 조금 마음이 편해질 것 같아요."

우울하고 예민한 나를 사랑하기가 이렇게 어려운 것인지는 미처 몰랐다. 나의 예민함 때문에 나를 둘러싼 모든 자극이 항상 부담스럽지만 그래도 이제는 내가 나를 스스로 이해하고 안아줘야 할 때인 것 같다.

처음에는 모든 자극이 부담스러웠다고 했지만, 이제는 내가 나를 스스로 이해해야겠다는 채은의 다짐을 읽고 나도 그런 점을 본받아야겠다고 다짐했다.

"이제는 내가 나를 스스로 이해하고 안아줘야 할 때인 것 같다."

/ 14

그대들이 보는 나는 어떠했나요?

나는 이 책을 계기로 나의 지인들이 우울증을 가지고 있는 나를 어떻게 생각하고 있는지 알아보고 싶어서 내게 소중한 몇몇 사람들에게 서면 인터뷰를 요청했다.

① **"어떻게든 살려야 한다는 생각뿐이었습니다."**

– 나를 구하러 와주었던 선이 선생님

선이 선생님은 처음 내가 자살 시도를 했을 당시 내 기숙사 방으로 달려오신 센터 선생님이시다. 선생님도 장애가 있으시기에 내 마음을 그 누구보다 잘 이해하려고 하셨던 분이다.

Q1. 채은이가 첫 자살 시도를 했을 당시, 채은을 처음 발견하신 분이 선생님이셨는데 그때 심경이 어떠셨나요?

A. 처음 발견했을 당시, 너무 무서웠고 많이 놀랐습니다. 하지만 어떻게든 살려야 한다는 생각뿐이었습니다.

Q2. 채은이가 응급실로 이송되고 위세척을 위한 약을 먹는 걸 거부하며 저항했었는데 그때 무슨 생각을 하면서 채은이를 달래며 약을 먹이셨나요?

A. 응급실에서 위세척 약을 거부했을 때, 설득해야 살 수 있을 거라는 생각밖에 없었습니다. 위세척액을 먹지 않으면 목에 뭘 삽입해서든 코로 줄을 끼워서라도 억지로 약물을 넣어야 한다고 간호사 선생님께서 말씀하셨습니다. 그래서 부모님 걱정하신다고, 빨리 일어나서 학교생활 다시 잘해야 한다고 얘기해주면서 달래주었던 것 같습니다. 다행히 응급실에 와서 링거도 맞고 의식이 조금 돌아와 있는 상태라서 긍정적으로 생각할 수 있는 얘기를 많이 했었습니다.

Q3. 학교 직원으로서 정서적으로 힘든 친구들을 보면 어떤 생각이 드시는지 궁금합니다.

A. 지금까지 정신적, 정서적으로 힘들어하는 친구들을 만났는데, 그 친구들의 얘기를 많이 들어주고 공감해주고 싶은 마음이 가장 많이 듭니다. 어떤 사람이든 누구에게나 힘든 일은 있기 마련입니다. 그 친구들의 얘기를 들으면서 그들의 처지에서 생각하다 보면 그 친구들이 앞으로 얼마나 잘할 수 있는 능력을 갖추고 있는 사람인지를 알게 해주고 싶습니다. 지금보다 더 나은 미래가 있다는 것을, 누구에게나 힘들 때가 있다는 것을, 뭐든 다 잘해낼 수 있는 사람인 것을 알게 해주고 도와주고 싶습니다.

Q4. 신체적 또는 정신적 장애로 세상으로 나가는 것을 두려워하는 사람들에게 장애 당사자로서 해주고 싶은 말이 있으시다면 해주세요.

A. 장애인 당사자로서 저는 장애라는 명칭 자체가 사라지는 그날을 항상 바랍니다. 정신적, 신체적으로 불편함이 있을 뿐이지 비장애인과 다르지 않은 사람입니다. 많은 사람의 시선 때문에 장애인들이 밖으로 나오

지 않으려고 하는 경우를 많이 봐왔는데, 저는 장애인 누구에게나 당당히 밖에 나오라고, 밖에 나와서 사람들 앞에 서라고 말하고 싶습니다. 장애인들이 밖에서 많이 보일수록 우리 사회가 변할 수 있다고 생각합니다. 아침에 해가 뜨고 저녁에 해가 지는 현상을 자연스럽게 생각하는 것처럼, 모든 사람이 너무나 자연스러운 것을 보는 시선으로 장애인들을 바라보는 그런 날이 오길 바랍니다. 자신 있게 어디든 밖에 나오라고, 나와서 당당히 서라고, 장애인과 비장애인이 언제나 함께할 수 있다는 것을 장애인들 스스로 보여주라고 말해주고 싶습니다.

② **"채은이가 회복하여 행복해지길 바랐습니다."**

– 따뜻하게 내 말을 들어준 원이 오빠

원이 오빠는 나와 같이 심리학을 전공하고 지금은 상담 교사가 되어 많은 아이들을 도와주기 위해 임용을 준비 중이다. 따뜻한 마음을 가진 오빠는 내가 부정적인 행동을 할 때

침착하게 내 말을 들어주고 함께해줬다.

Q1. 채은의 우울증이 심했을 때, 가장 힘들었던 점은 무엇이었나요?

A. 제게 힘든 건 없었지만 채은이를 보며, 자신을 스스로 작게 만들면서 채은이가 힘들어하는 모습이 안쓰러웠습니다.

Q2. 채은이 1학년이었을 때는 열정적으로 일을 하다가도 다른 사람들이 한마디 하면 무너지는 일이 많았는데 그럴 때마다 어떤 느낌이었나요?

A. 채은이 많이 힘들어하고 심리적으로 힘들어하는 것이 느껴져서 채은이 회복하고 행복하게 지냈으면 좋겠다고 진심으로 바랐습니다.

Q3. 채은이 심한 우울증을 겪고 있을 때, 잠시나마 연락을 끊었던 적이 있는데 어떤 이유에서 그랬나요?

A. 채은이 몸과 마음을 돌보고 회복하는 것에 전념하고

제대로 회복해서 행복한 일상생활을 했으면 하는 마음에서 채은이 회복하고 나면 그때 연락했으면 하는 이유였습니다.

Q4. 우울증으로 정신건강의학과를 다니며 생활하고 있는 채은에게 하고 싶은 말이 있다면 어떤 것인가요?

A. 치료 잘 받고 회복 잘해서 채은이의 일상이 행복하길 진심으로 응원합니다.

③ "저와 채은이가 소용돌이 같은 감정에 휩싸이지 않길 바랍니다."

– 언제나 뚜벅이 남이 오빠

남이 오빠는 독립 출판으로 책을 낸 작가인 동시에 장애인 인식 개선 강사로 활발히 활동 중인 사람이다. 나는 그를 그 누구보다 믿고 의지하고 있다.

Q. 채은에 대하여 하고 싶은 말을 적어주세요.

A. 제가 채은이를 처음 만났을 땐, 채은이는 2019년 신입생이었습니다. 그때 저는 K 대학교 장애인 관련 동아리 회장을 맡고 있었고 장애인 신입생이 입학한다는 것에 있어서 기대한 끝에 채은이를 만났습니다.

채은이와 치킨을 먹었던 기억이 납니다. 채은이는 깊은 고민을 하고 있었고, 꿈도 참 많아 보였죠. 그런 채은이의 활발함은 지금도 여전합니다.

하지만 채은이는 1학년 중반쯤 정신적으로 힘들었고, 자살 시도를 했다는 소식을 들었을 때 저는 매우 슬펐습니다. 제가 도와줄 수 있는 것은 그저 이야기를 들어주고 용기를 주는 것뿐이었습니다. 본인의 감정인 우울함은 본인이 깨고 나와야 한다고 생각했어요.

저는 그저 묵묵히 응원했고 때론 질책도 해줬죠. 장애인의 우울감은 비장애인보다 때론 심하다고 생각해요. 이 사회에서 살아가기 위해서 몇 배의 노력을 해야 하고 때론 좌절감이 심하게 옵니다. 저도 때론 어려움을 많이 느끼고요.

그저 세상에 나갈 저와 채은이가 소용돌이 같은 감정

에 휩싸이지 않고 뚜벅뚜벅 한 걸음 걸어가며 이 또한 한 배움의 과정이 되기를 진심으로 바랍니다.

블루의 Talk

솔직히 나는 '어떻게든 살려야 한다.'라는 일념 하나로 나 하나를 살리겠다는 사람들을 이해할 수 없었던 적이 많았다.

하지만 지금 다시 생각해보면 '우린 아직 청춘이고 뭔가를 도전할 기회도 많아 좀 더 살아서 이것저것 도전해보라는 의미로 우리를 살리지 않으셨을까?'라는 생각이 든다.

"우린 아직 청춘이고 뭔가를 도전할 기회도 많아
좀 더 살아서 이것저것 도전해보라는 의미로
우리를 살리지 않으셨을까?"

/ 15

아임 파인 생큐 앤 유

나는 필리핀에서 학창 시절을 보냈기 때문에 그 시기에 만난 대부분의 친구들은 필리핀을 포함해 외국에 살고 있다. 그래서 대학에서 만난 친구들에게 더 많이 집착했는지도 모른다. 내가 입학 초기에는 같이 어울리던 친구들이 많았다. 나를 처음으로 도와주었던 장애 학생 도우미와 함께 다니다 보니 어느새 그가 같이 어울리는 친구들과도 친하게 된 것이었다. 그렇게 우리는 늘 함께였지만, 사소한 이유로 멀어진 친구도 있었고 멀어진 친구의 빈자리를 다른 친구가 채워주기도 했다. 친구들과 함께 있을 때는 즐겁고 행복했다. 그러나 혼자 있는 저녁 시간이 되면 학교생활에 대한 부정적인 생각과 예전부터 날 괴롭히던 과거에 대한 후회에 몸부림쳤다.

그러던 어느 날 처음으로 자살을 시도했다. 약을 다 먹기 전에 SNS에 글을 남겼고 그 글을 읽은 다른 이들도 나에게 안 좋은 일이 생겼다는 것을 알게 되었다. 나의 자살 해프닝은 시간이 흘러 잠잠해졌고 나는 다시 학교로 돌아갔다. 학교에 돌아간 나는 완전히 다른 사람이 되었다. 공부도 열심히 했고 후배들도 열심히 챙겼으며 동아리 활동도 열정적으로 했다. 생각을 긍정적으로 바꾸고 나니 내가 누리던 평범한 것들을 감사하게 되는 듯했다.

하지만 우울증이 다시 악화하였을 땐 친했던 친구들이 떠나갔다. 친구들은 계속해서 우울한 나의 이야기를 처음엔 잘 들어주었지만 아마도 지쳐서 힘들었을 것이다. 한 명을 제외하고 친구들은 각자의 상황에 따라 멀어져갔다.

외로운 시간을 보내던 내게 새로 찾아온 그룹은 나처럼 장애가 있는 후배들이었다. 그들은 지금까지 함께 시간을 보내고 이야기를 나눌 정도로 나한테 매우 소중한 친구들이다. 그뿐만 아니라 나처럼 우울증을 앓는 후배도 있고 각자 장애를 가지고 있다 보니 그로 인해 발생하는 정신적 어려움에 대한 이해도가 다른 사람들보다 높은 편이다. 그래서 그 친구들 앞에서 내 우울증에 관해서 얘기하고 내 아픔을 공유하는 게 어느 순간 편해졌고 익숙해졌다. 같은 우울증을 가지고 있는 사람이 있다는 것, 그리고 내 마음을 알아주고 공감해주는 이들이 많다는 사실 하나만으로도 나는 큰 위안을 얻게 되었다.

그렇게 나는 차츰 안정을 찾아갔고 대인 관계 문제로 입원하기 전까지 나는 지역 장애인 고등학생들을 대상으로 한 대학 생활 체험 행사에서 장애 대학생 선배로서 멘토링 강연을 하고 공기업 인턴십에도 지원하며 다양한 활동들로 나만의 대학 생활을 만들어가고 있었다.

나는 이 책을 통해 내가 신체적으로나 정신적으로나 불안정할 때 늘 내 곁을 지켜준 지인들에게 감사의 마음을 전하고 싶다.

① **"채은아 자살 시도 습관 되면 안 된다. 진짜 이건 아닌 것 같아."**

– 내게 남은 유일한 동기 환이

환이는 1학년 때 만난, 내게 남은 유일한 동기 친구이다. 다른 친구들이 나의 우울증으로 지쳐 나를 하나둘씩 떠나갈 때도 내 곁을 지켜줬다. 잠시 연락이 안 되었던 적이 있었지만, 환이는 나의 사과를 받아주고 다시 내 곁에 와준 소중한 친구이다.

환이에게: "환이야! 훈이가 나를 떠나갔을 때 그 빈자리를 네가 채워주지 않았다면 나는 그때 분명 넘어졌을 거야. 네가 군대에 가서까지 내가 말했던 부정적인 이야기들을 다 들어주고 조언해주고 함께해줘서 정말 고마웠어. 내가 잦은 일탈로 너의 말을 안 듣고 너의 속을 썩였을 때도 난 분명히 네가 돌아올 거라고 믿고 있었어. 내가 어느 날 너에게 전화를 걸었을 때 너는 많이 당황한 목소리였어. 하지만 다시 전화를 걸어 네가 나를 떠났던 명확한 이유를 설명해주고 앞으로는 다시 그러지 않고 좋은 소식을 들려준다면 다시 친구가 되어주겠다는 너의 말에 내가 얼마나 기쁘고 고마웠는지 몰라. 병원에 있는 지금도 내가 그렇게 오라고 해도 안 오는 친구들과 달리 양손 가득 음료수를 사 들고 나를 병문안 와 줘서 고마워. 네가 그때 와준 덕분에 난 세상에 혼자라는 생각을 조금이나마 덜 할 수 있었어. 의사 선생님께 못 한 말들을 친구인 너에게 함으로써 가슴에 맺혀 있던 것들을 털어놓을 수 있었던 시간이었던 것 같아서 정말 고마워. 너는 힘들었

을지 모르지만, 나는 그 시간이 행복했고 기분 좋았던 것 같아. 우리 인연이 언제까지일지 모르겠지만 난 너랑 평생 가고 싶어. 너는 정말 좋은 사람이고 그래서 너랑 꼭 오랫동안 친구가 되고 싶다. 나의 희로애락을 다 들어준 너에게 참 미안하고 또 고마워. 내가 빨리 나아져서 맛있는 거 사줄게. 조금만 더 기다려줘."

② "채은아 나는 언제나 널 위해 기도해.
힘들 때나 기쁠 때나 나한테 연락해."

– 진심으로 애정이 가는 나의 절친 조셉

조셉은 필리핀에서 유학 생활을 하던 당시 교회를 통해 알게 된 언제나 믿음직스러운 나의 남자 사람 친구이다. 아주 옛날엔 내가 그 친구에게 고백했었을 정도로 매력이 넘치고 신앙심이 깊은 내가 진심으로 응원하는 친구이다. 미국에서 간호사로 일하며 바쁜 일상을 보내고 있지만 틈틈이 전화를 걸어 내 안부를 물어주고 내 이야기를 경청해준다.

조셉에게: "너는 참 고마운 친구인 것 같아. 필리핀에서부

터 내가 혼자 있을 때마다 항상 먼저 다가와줘서, 그리고 외로웠던 나의 이야기를 들어줘서 정말 고마워. 나는 그때 사람들과 어울리고 싶었지만, 그때 당시의 나는 대인 기피적인 성향이 너무 심해서 결국 가까이 다가가지 못했지. 그런데도 너는 나를 다른 애들처럼 모르는 체하는 게 아니라 내 곁으로 와서 이야기를 들어주고 친구가 되어주었어. 그리고 그리스도인으로서 항상 기도하며 바른길로 가려고 하는 너를 보면서 참 많이 반성하고 또 의지했던 것 같아. 우리가 필리핀에서 만나 네가 미국으로 떠나고 내가 한국 생활을 하는 지금까지 계속 연락을 주고받을 수 있어서 얼마나 감사하고 즐거운지 모르겠어. 정말 수치스럽고 아픈 기억까지 너랑 공유했던 것 같아. 내가 그럴 수 있었던 이유는 너의 입이 무거웠기 때문이고 진심으로 경청하며 조언해주었기 때문이라고 생각해. 미국에서 간호사를 하는 네가, 이제부터는 의사가 되기 위해서 새로운 길을 간다는 네가 난 정말 멋지고 또 존경스러워. 네가 의사가 되어 어떤 환자들을 만나게 될지 모르겠지만 너는 꼭 그 사람들을 잘 치료해줄 거라고 믿어. 내 고민과 우울한 이야기를 다 들어주고 조셉 네가 할 수 있는 최대한의 조언을 해주며 나를 위해 기도해주었을 때 그게 얼마나 큰 힘이 되었는지 차마 말로 다 표현할 수 없을 정도로 새롭고 감동이었던 순간들이었던 것 같아. 나는 네가 나중에 환자의 마음을 이해하고 따뜻하게 안아줄 수 있는 그런 의사가 될 수 있을 것이라고 확신하고 또 응원해. 우리의 성공을 위하여 치얼스!"

③ "치료 잘 받고 다시 밝은 모습으로 만나자."

– 내겐 없으면 안 되는 꼬단 친구들

꼬단은 내가 매일같이 함께하는 친구들의 그룹명이다. 나처럼 장애를 가진 친구들도 있고, 비장애인 친구도 있다. 장애 여부와 상관없이 서로에게 기쁨을 주는 존재들로 남아 있다.

꼬단 친구들에게: "안녕 애들아! 꼬단의 최고 연장자로서 너희들한테 도움을 주지는 못할망정 맨날 징징대고 이거 해달라 저거 해달라 부탁만 해서 미안해. 내가 우울한 감정 때문에 힘들어할 때마다 너희를 찾아가 이야기했는데 그때마다 잘 들어주고 너희가 할 수 있는 최선의 조언을 해줘서 정

말 고마워. 내가 감정 기복이 심할 때 너무 급하게 행동하려고 하면 차분히 생각해보자며 나를 진정시켜주어서 그것이 큰 도움이 되었던 것 같아. 각자의 인생을 사느라 바쁜 너희들에게 더 이상 짐이 되고 싶지 않아서 내가 우울감을 가지고도 즐거운 생활이 가능할 때쯤 다시 연락한다고 했던 말 기억하지? 나의 상태가 많이 좋아져서 이제 너희들에게 돌아가도 될 것 같다는 생각이 들었어. 우리 예전보다 훨씬 더 즐거운 일상을 공유하며 파이팅해보자!"

④ "네가 살아야 하는 이유는 네가 찾아야 해.
진심으로 네가 행복하길 바랄게."

– 나의 든든한 선배님, 남이 오빠와 원이 오빠

오빠들은 내가 신입생이었던 시절, 학교에 다니던 선배들이다. 나의 신체적, 정서적 어려움을 이해해주고 도와줬던 소중한 인연들이다.

남이 오빠와 원이 오빠에게: "오빠들 안녕? 저 채은이에요. 나에게 항상 롤모델이 되어주는 오빠들에게 이 책을 빌

려 고맙다는 말을 꼭 하고 싶어요. 내가 우울증이 심했을 때 내가 오빠들을 너무 많이 힘들게 했나 자책했어요. 그런데 내가 회복하고 잘 지내는 모습 보여주니까 다시 예전처럼 대해줘서 고마워요. 오빠들은 내게 도전이 무엇인지 알려줬고 그 도전이 확정되었을 때 느낄 수 있는 최대의 감정을 선물해주었어요. 덕분에 사람들 앞에서 내 이야기를 하는 것이 더 이상 부끄러운 일이 아니게 되었어요. 내가 감정 기복이 심했을 때도 행복했을 때도 가끔 전화해서 반갑게 얘기해주는 오빠들을 볼 때마다 나는 참 복이 많다고 생각했어요. 오빠들한테 내가 왜 살아야 하는지 모르겠다고 징징거렸을 때 그 이유는 다른 사람한테 물어보는 것보다는 내가 직접 찾아야 한다고 직언해줘서 고마워요. 덕분에 나를 이해하는 시간을 가질 수 있었어요. 오빠들이 나한테 베풀어준 은혜를 내가 어떻게 갚을 수 있을지 고민했지만 내가 행복한 게 오빠들에게 줄 수 있는 최고의 선물일 것 같아서 열심히 살아볼게요. 응원해주시고 많이 가르쳐주세요. 우리 모두 행복한 삶을 살아봅시다!"

나는 이렇게 소중하고 고마운 사람들과 함께 괜찮다가도 안 괜찮은 청춘의 시간을 보내는 중이다. 힘들었고 고마웠고 그래서 더 찬란할 나의 시간이여.

I am fine, thank you and you?

블루의 Talk

채은이 주변 사람들에게 쓴 글이 내 마음에 와닿았다. 나도 처음에는 자살 시도를 했을 때 걱정하는 사람이 많다는 것을 몰랐다.

하지만 내가 죽으면 남아 있는 사람들은 엄청난 슬픔과 트라우마를 겪게 될 것을 이제는 너무도 잘 아니까 이번 생은 모두를 위해 살아야겠다고 결심해본다.

"내가 죽으면 남아 있는 사람들은
엄청난 슬픔과 트라우마를 겪게 될 것을
이제는 너무도 잘 아니까 이번 생은 모두를 위해
살아야겠다고 결심해본다."

/ 16

내가 처음 자살을 시도했을 때

대학교에 입학했을 당시만 해도 나의 학교생활은 정말 평탄할 것 같았다. 하지만 그건 너무 큰 욕심이었다. 나는 '대체 언제까지 과거에 매달려 있어야 하나?'라는 생각에 1학년 2학기의 첫날 충동적으로 약을 먹었다. 눈을 떴을 때는 응급실이었고 며칠간 병원에 입원했다. 학교생활을 이어갈 수 없다고 판단한 담당 의사와 부모님의 강요에 원치 않는 휴학을 할 수밖에 없었다. 나는 학교에 가야 한다며 떼를 썼지만, 그 말이 받아들여지지 않았다. 집에서도 역시 나에게 휴학을 강요한 부모님을 탓하기 시작했다. 또다시 이런 일이 반복될 수 있기에 기숙사에 혼자 둘 수 없었던 부모님의 마음을 알면서도 매일 학교에 돌아가고 싶다며 울며 떼를 썼다.

다음은 내가 첫 자살 시도를 했던 상황에 대해 블로그에 내가 직접 적은 일기나 생각들을 정리한 글이다.

나는 너무도 갑작스레 학교를 떠나왔다. 내가 죽으려고 했던 때에 센터의 선생님이 엄마의 연락을 받고 방으로 달려와 응급실에 갈 수 있었고 주말이 지나자마자 나의 부모님은 과 사무실에 가서 휴학 신청을 했다. 자살 시도를 해서 휴학을 해야 한다고 말하는 건 그리 떳떳하지 않은 것이며, 창피한 일이기도 하다. 부모님은 현재 나의 상황을 자세히 이야기할 수밖에 없었다. 원래 휴학은 교수님과의 면담이 우선이지만 상황이 상황이니만큼 간단하게 휴학 절차를 밟으셨다고 한다.

지인 중 몇몇은 나의 휴학 이유를 알았지만, 자초지종을 모르는 이들에게는 나의 갑작스러운 휴학을 어떻게 설명할지 몰라 고민이 참 많았다. 입학 초기부터 적극적으로 참여했던 프로젝트팀이 맡은 큰 행사가 얼마 남지 않은 상황에서 함께할 수 없다고 말하는 게 참 미안하고 아쉬웠다. 행사뿐만 아니라 내가 속한 그룹의 팀원들에게 말을 꺼내는 것 자체가 부끄럽고 자신 없었지만, 그룹 톡방에 먼저 사과의 글을 쓰고 바로 나왔다. 건강상의 이유로 휴학하게 되었다고 말은 하였지만 자초지종을 묻는 한 선배에게 제대로 설명하지 못했다. 더 이상 묻지 않는 선배의 반응이 참 다행이라고 생각했는데 한편

으론 그것이 나에 대한 신뢰가 무너져서 그랬던 것은 아닌지 마음이 불편하다.

나는 충동적으로 밀려오는 우울감을 이기지 못해 자살을 시도한 것을 후회했지만, 시간이 약이었을까. 그날의 상처가 조금씩 아물어가면서 껄끄러운 마음과 죄책감에서 빠져나올 수 있었다. 마침 편입을 준비하던 동생이 내게 토익 시험을 공부해보라고 교재를 주면서 공부하다 보면 아마도 우울할 틈이 없을 것 같다며 용기를 주었다. 그날부터 아침에 일어나 저녁이 될 때까지 열심히 시험 준비에 집중하였고 그러한 노력의 결과로 990점 만점에 960점이라는 높은 점수를 받을 수 있었다. 그렇게 우울은 서서히 나를 떠나가는 듯했다.

블루의 Talk

나도 내가 처음 자해나 자살을 시도했던 때가 기억에 남는다. 어느 때는 또렷하고 어느 때는 희미한 그 기억이 내 마음속에 숨겨져 있는 것 같다. 자살을 시도하는 것을 얘기한다는 것 자체가 매우 무거운 주제이지만 채은이 말했듯이 시간이 지나면 반드시 죽고야 말겠다는 마음도 어느 순간 희미해져 버린다.

"시간이 지나면 반드시 죽고야 말겠다는 마음도
어느 순간 희미해져 버린다."

/ 17

또다시 찾아온 죽음의 그림자

이듬해 나는 그토록 기다리던 복학을 했다. 하지만 코로나19로 인해 온라인 강의를 하는 바람에 캠퍼스로 돌아갈 수가 없어 매우 아쉬웠다. 하지만 시간이 흘러 대면 수업이 시작되면서 나는 드디어 학교로 돌아갈 수 있었다.

즐겁게 학교생활에 적응하고 다양한 경험을 하고 싶었던 나는 교환학생을 신청했다. 독일에 있는 한 대학교에 교환학생 자격으로 최종 합격을 하였고 나의 장애와 그로 인해 필요한 지원에 대해서도 학교 측과 협의가 다 끝났다. 그렇게 독일 교환학생을 준비하던 중 부모님의 반대로 모든 계획이 물거품이 될 수밖에 없었다. 코로나19가 가장 큰 걸림돌이라고 했지만, 결정적 이유는 나의 신체적 장애와 아직도 불안한 나의 우울 증상 때문이었다. 교환학생에 도전한다는 것은 내 인생에서 대단한 모험이었지만 그것을 포기하고 나니까 모든 게 부질없어 보였다. 학과 수업도 등한시하다 보니 따라갈 수 없는 상황이 되었고 얼마 지나지 않아 우울증이 심해져 나는 또 휴학할 수밖에 없었다.

집 가까이에 있는 D 대학병원 정신과에 입원 대기 신청을 해두고 집에서 우울한 날들을 보내던 중 엄청나게 많은 양의 근육 이완제를 삼켜버렸다. 당시 생명이 아주 위태로웠고 여러 날을 중환자실에 있다가 겨우 일반 병실로 올라갔다. 사람도 잘 못 알아보고 음식을 삼키지도 못했으며 지나치게 부정적인 생각을 하며 자책했다. 가장 괴로웠던 것은 매일 밤 악몽에 시달렸다는 점이었다. 나는 평생 누워서 살아야 하면 어쩌나 하는 생각에 두려웠고 또 이런 일을 벌인 나 자신을 정말 많이 미워할 수밖에 없었다. 상태가 호전되면서 정신건강의학과 병동으로 이동하였다. 그곳에서 상담을 비롯해 집중 치료를 받고 나니 과거의 후회만 하던 나 자신을 이해하고 인정하기 시작했다. 생후 10개월부터 시작한 재활 치료와 여러 번의 수술은 정말 견디기 힘들었다. 끊임없는 재활 치료가 힘들었던 나, 그래서 최선을 다하지 않은 어렸던 나를 이해하기로 했다. 과거의 부족했던 나 자신을, 있는 그대로의 나를 받아들이고 인정하게 되니 나는 빠르게 치료되었다.

그 일 이후 약 관리는 부모님이나 장애인활동지원사 선생님이 담당하시게 됐다. 당일에 먹을 약만 내려주시고 나머지 약은 따로 관리하고 있다. 나는 처음에는 그렇게 지시하신 주치의 선생님이 참 마음에 안 들었다. 느닷없이 찾아오는 약물에 대한 충동 때문에 다른 사람에게 약을 맡겨야 한다는 게 자존심이 매우 상해 나 자신에게 용납되지 않았다. 하지만 시시때때로 찾아오는 충동이 가라앉지 않자, 나를 보호하기 위해서는 약 관리를 따로 하는 것이 바람직하다는 결론을 내렸다.

블루의 Talk

채은이 자살을 시도했을 때 나의 부모님이 그러셨던 것처럼 그녀의 부모님도 많이 놀라셨을 거 같다는 생각이 들었다. 하지만 그땐 죽는 것만이 최선이라고 생각했을 채은의 마음도 이해가 된다. 나도 항상 그런 식으로 생각했었으니까 말이다. 하지만 자살 시도하면 남아 있을 사람들이 슬퍼할 것을 생각해 나도 지난해부터 자살 시도를 하지 않고 살아왔다. 채은과 내가 남겨질 사람들을 생각해서 더는 자살을 시도하지 않았으면 좋겠다.

"있는 그대로의 나를 받아들이고 인정하게 되니
나는 빠르게 치료되었다."

/ 18

병원에서 견뎌냈던 나날들

나는 뇌병변장애로 인해 어릴 적부터 병원과 치료실에서 살다시피 했다. 다른 친구들이 학교 끝나고 학원에 다닐 때 나는 병원에 가서 치료받았다. 조금이라도 더 나아지기 위해, 조금이라도 더 서고 또 걷기 위해서 말이다. 나는 정말 많은 수술을 했고 그만큼 재활 치료에 투자한 시간도 많다. 하지만 가장 중요했던 수술을 했을 당시에 나는 재활을 열심히 하지 않았다. 재활하는 것이 힘들었기 때문도 있었지만 이미 오래전부터 재활을 해왔던 나인지라 아무리 노력해도 안 된다고 생각했다. 그런 생각이 내 무의식에 자리 잡았을 때, 어쩌면 지금까지 휠체어를 타고 있는 나의 모습이 이미 결정되었던 게 아니었을까 싶다.

그래서 재활 운동을 열심히 하지 않은 나 자신에 대한 원망과 미움으로 가득 차서 일상생활이 힘들었었다. 그리하여 처음으로 정신건강의학과에 입원하게 되었다. 매일매일 내 이야기를 들어주시고 공감해주신 간호사 선생님들과 의사 선생님들 덕분에 나는 빠르게 생각을 정리하고 일상으로 복귀할 수 있었다. 그렇게 나의 첫 정신건강의학과 입원은 꽤 만족스러웠다.

하지만 그 이후 내 인생에 다시는 없을 것 같던 두 번째 입원을 하게 되었다. 어떤 상황으로 인해 나는 피해를 보았고 그 일을 해결하는 과정에서 우울증과 불안 장애가 심해져 병원에 입원하게 되었다. 한 달 조금 안 되는 시간 동안 가해자 때문에 얻게 된 트라우마에 대해 매일 면담하며 치료를 받았다. 나는 의료진의 계획대로 성실히 치료에 임하지는 않았다. 치료 중에 내가 직접 기록한 서약서를 지키지 않았고 내게 필요한 치료 기법들을 순순히 따르지 않았다. 그래서 나를 담당하시는 J 전공의 선생님은 기한을 두고 목표를 정해 치료에 집중해보자고 제안하셨고 정해진 날짜에 퇴원했다.

병원을 벗어나 잘 지낼 자신이 없던 나는 계속 가슴이 답답하고 심장이 조여오는 공포스러운 증상을 경험해야 했다. 죽음을 늘 생각했던 나도 막상 심장이 멈추어 진짜로 죽을 것 같아 두려웠다. 결국 퇴원한 지 하루 만에 응급실로 향했고 안정제만 투약받은 후에 집으로 돌아왔다.

간신히 이틀을 버티고 외래 진료를 받은 후에 다시 병동으로 들어오게 되었다. 두 번째 입원의 목적은 가해자에 대한 트라우마를 치료하는 것보다는 조금 더 진취적으로 미래에 대해 고민하고 계획을 세우는 것이었다. 우여곡절 끝에 가해자와 원만한 합의가 이루어지고 문제가 해결되면서 나의 현실이 보이기 시작했다. 피해 상황에서 헤어나오지 못해 입원까지 하다 보니 한 학기 최하위 성적을 마주해야 했고, 어렵게 시작했던 공기업 인턴십을 석 달 만에 그만두게 되었다. 생각을 바꿔보면 아무것도 아닌 일에 집착하면서 잃어버린 것이 더 많다는 걸 깨닫게 되니 나는 또다시 자신을 탓했다.

그래도 얻은 것이 있다면 병원에서 만나 마음을 열고 서로를 보듬고 위로하며 책을 함께 써보자고 의기투합한 블루를 만난 것이다. 이야기를 나누고 글로 담아보고 피드백하는 과정이 치료에 도움이 된 것 같다.

내 인생에서 좋은 인연이 될 블루를 만나고, 다양한 아픔과 개성을 가진 사람들을 만날 수 있었던 건 나에겐 크나큰 행운이었다. 앞으로 기회가 된다면 블루와 함께 책 집필을 시작으로 독립 영화나 유튜브 채널도 함께 만들고 싶다.

사람의 기억에 남는 건 결국에는 사람이고, 죽음과 같은 슬픈 이별보다 희망찬 미래를 꿈꾸는 사람을 만나는 것이다.

아무리 노력해도 좋은 결과를 얻지 못했다는 것이 매우 속상했다는 채은의 마음을 잘 느낄 수 있었다.
이 글을 통해 아무리 힘들어도 자기 자신이 해야 할 일은 해야 한다는 교훈을 얻을 수 있었다고 생각한다.

"사람의 기억에 남는 건 결국에는 사람이고,
죽음과 같은 슬픈 이별보다 희망찬 미래를 꿈꾸는 사람을 만나는 것이다."

/ 19

골칫거리가 사랑이가 되어가는 과정

우리 집의 문제는 나다. 나는 쌍둥이 중 첫째로 태어났고 내 동생은 내가 필리핀에서 우울증으로 반항하고 온 집안을 어수선하게 할 때도 항상 상위권 성적을 유지했다. 동기 중에 나이도 가장 어리고 유학생 신분으로 높은 성적을 유지했던 것은 내가 생각하더라도 정말 대단한 일이었다. 그래서 나는 늘 동생이 부러웠다. 동생과 나를 비교하며 매번 좌절하던 내게 부모님은 체리는 체리의 인생을, 그리고 나는 나의 인생을 살아가야 한다고 비교하지 말라고 하셨다. 머리로는 부모님의 말씀이 맞는다는 걸 알았지만 그래도 쌍둥이로서 한날한시에 태어났는데 비교를 안 하려야 안 할 수 없었다. 사춘기 때 그런 비교 의식에서 오는 자존심에 동생과 소리 지르고 울며 말다툼한 기억투성이다.

하지만 우리는 나이가 들어 조금은 성숙해졌다. 여전히 서로를 이해하지 못하는 부분도 있지만 서로가 잘되기를 바라는 마음에 응원을 해주고 있다.

우리 집은 매우 화목했다. 내가 필리핀에서 힘든 시간을 보내고 한국에 와서 자살 시도를 몇 번 하기 전까지는 말이다. 사실 우리 집은 꽤 괜찮은 가족 중 하나라고 자신 있게 말할 수 있을 정도로 좋다. 하지만 그 화목함에 나의 우울함이 들어가면 이야기가 좀 많이 달라진다. 아빠는 내 우울증을 제대로 이해하지 못하는 분이시다.

"넌 의지가 부족하고 정신이 너무 나약해. 계획도 쉽고 포기도 쉬운 게 단점이야."

이 말은 수년째 반복적으로 내가 듣는 잔소리이다. 병원 입원 중 아빠는 어느 날 내게 우울증을 전혀 이해 못 한다는 내용이 담긴 장문의 메시지를 보내왔다. 나는 큰 상처를 받았고, 아빠한테 상처받은 만큼 되갚아주겠다는 어리석은 생각에 탈원을 했다. 결국 경찰관에게 붙잡혀 병원으로 복귀하는 것으로 마무리가 되었지만, 이 일로 아빠는 결국 나에게 두 손 두 발을 다 드셨다. 제발 치료만 잘 받기를 바란다고 부탁하시면서 어색한 화해를 하였다.

엄마는 예전부터 종종 우리 집은 나만 잘하면 된다고 했었다. 예전에는 그 말이 불쾌하게 들렸는데 우울증이 호전되면서 엄마의 마음이 조금은 이해가 되었다.

이제 긴 어둠의 끝에서 나와 밝은 빛이 있는 아름다운 세상으로 한 걸음씩 나아가고 싶다. 그러면 나는 더 이상 우리 집의 골칫덩어리가 아닌 가족의 행복을 넘어 다른 사람들에게도 빛을 반사하는 사람이 될 수 있다고 확신한다.

예전처럼 열심히 행복하게 즐겁게 학생답게 내 인생을 살아가기로 했다. 사랑하는 가족과 지지해주시는 의료진, 그리고 나를 아껴주는 친구들에게 무한 감사를 드린다.

블루의 Talk

채은이 그녀의 쌍둥이 동생과 자신을 비교하며 항상 자기를 깎아내렸다는 점이 무척 안타까웠다. 하지만 그런데도 어둠의 끝에서 나오기 위해 노력한 채은이 대단하고 그런 그녀의 강한 마음을 그 누구도 꺾을 수 없었다는 것을 느낄 수 있었다.

"사랑하는 가족과 지지해주시는 의료진,
그리고 나를 아껴주는 친구들에게 무한 감사를 드린다."

/ 20

내가 살아 있다고 느끼는 곳, 나의 SNS

나는 네이버 블로그, 유튜브, 그리고 인스타그램에 이르기까지 다양한 SNS를 통해 내 감정과 일상을 드러낸다. 일단 블로그에는 내가 받은 상담 일지와 약물 치료 일지를 꾸준히 기록했고 유튜브에서는 나의 일상과 생각을 자유롭게 표현했다. 그게 내 장애에 대한 것이든 우울증에 대한 것이든 나는 불특정 다수의 사람들에게 나를 오픈하는 것이 치료의 한 방법이라고 생각한다.

앞으로도 나는 SNS를 적극적으로 활용하여 많은 사람에게 정신 질환에 대한 편견과 인식을 긍정적으로 바꿔줄 수 있는 활동들을 하고자 한다. 그 첫 프로젝트가 바로 책 집필이고 이후에는 우울증에 관련된 독립 영화를 만드는 것도 계획 중이다. 그리고 만약 기회가 된다면 정신장애인들이 사회에 나와서 그들의 역할을 다할 수 있도록 지원하는 비영리단체를 설립하는 것도 장기적인 목표 중 하나이다.

블루의 Talk

SNS를 통해 자신의 우울한 감정을 공유하는 것은 그리 평판이 좋지 않다고 생각한다. 왜냐하면 다들 관심에 목마른 사람이라고 생각할 것 같으니까 말이다. 하지만 그런데도 채은이 SNS에 자신의 감정과 일상을 공유한다는 것은 나를 포함한 다른 사람들이 쉽게 내지 못하는 '용기'라고 생각한다. 그래서 나는 채은을 응원하고 싶다.

"채은이 SNS에 자신의 감정과 일상을 공유한다는 것은
나를 포함한 다른 사람들이 쉽게 내지 못하는 '용기'라고 생각한다."

/ 21

정다은 선생님, 저에게도 아침이 오겠죠?

나는 드라마를 보는 것을 참 좋아한다. 즐거울 때도 슬플 때도 언제나 내 곁에는 드라마가 있었다.

드라마 〈정신병동에도 아침이 와요〉는 내가 가장 최근에 본 드라마이다. 그동안 정신병동을 다룬 드라마가 별로 없었기 때문에 이 작품은 내게 강력한 인상을 남겼다. 작가님이 진짜 촘촘하게 준비하신 것 같았다. 주인공 정다은은 나와 매우 비슷하다. 나는 우울증을 앓는 채로 심리학과에 들어갔고 정다은 간호사는 정신병동에서 일하다 우울증을 앓게 된 경우인데 오히려 심리학 또는 간호학을 배웠다는 이유로 우울증을 완전히 받아들이는 데 시간이 걸렸다는 점이 가장 공감이 되었다.

나는 어릴 때부터 심리 상담을 자주 받았었기 때문에 나에게 도움을 주신 상담 선생님들처럼 심리학과에 가고 싶다는 막연한 마음만 있었다. 고등학교 때 발현된 나의 우울증을 이해해보자는 생각에 심리학과에 지원했다. 심리학을 배우면서 나는 나를 이해하는 데 성공한 듯했으나 솔직히 심리학을 배우고 있어서 되레 나를 탓하게 되는 경우가 더 많았다. 특히 '상담심리학'과 '임상심리학' 과목을 듣고 나서부터는 '이렇게 많은 심리 치료 기법이 있는데 나는 왜 배운 것을 적용하지 못할까?'라는 생각에 사로잡히기도 했다. 내가 병원에서 받은 종합 심리검사는 이미 수업에서 실습했던 것이었다. 내가 배웠던 것을 다른 사람이 아닌 나 자신의 치료를 위해 적용하고 그 결과로 임상심리사와 상담하는 내 자신에게 어이없어 한 적도 있다. 그때 우울증을 치료하고 싶어서 심리학을 전공하겠다고 한 선택이 얼마나 바보스러웠는지 난 확실히 깨달았다.

심리학을 전공하며 우울증은 내가 어떻게 할 수 없는 생물학적인 원인으로 나타날 수 있다는 사실을 알게 됐다. 그러나 아무리 생각해도 내 우울증은 환경적 원인으로 생긴 것 같아서 무척 괴로웠다. 대학교에 가며 걱정하던 나에게 정신과 의사 선생님은 나는 경험이 있으니 좋은 상담사가 될 것이라고 하셨었다. 그러나 내가 대학원 석사과정을 마치고 인던 상담 과정을 거칠 때쯤에서야 '내 아픔이 나의 내담자들에게 도움이 되었구나! 혹은 전혀 도움이 되지 않았구나.'를 알 수 있을 것 같다. 그 단계까지 가기 위해 내가 투자해야 하는 시간과 노력, 그리고 배운 걸 나 자신에게 적용하지 못한다는 괴로움을 내가 과연 감당할 수 있을지, 감당할만한 가치가 있는 목표인지에 대해 여전히 고민 중이다. 그래서 간호사인 다은이 힘들어하는 장면, 자살을 시도하는 장면, 보호입원하는 장면 등을 보면서 말로 형용할 수 없는 복잡 미묘한 감정이 들었다. 결국 다은은 정신 질환자에 대한 편견과 손가락질을 모두 감내하며 자신의 일상으로 돌아온다.

"우리는 모두 정상과 비정상의 경계인들이다."라는 드라마의 마지막 대사와 여러 인물을 통해 그려낸 정신병과 함께 살아가는 일상이 내게 큰 울림을 주었다. 결국 이 드라마의 제작진도 블루와 내가 추구하는 정신병을 대하는 마인드 '완전한 극복이 아닌 꾸준한 치료와 일상의 병행'이 중요하다는 사실을 강조하고 싶었던 게 아닐까.

나는 이 작품에서 특히 9화의 제목이 맘에 들었다. '나는 아픈 간호사입니다'

그래서 따라 해본다. “나는 아픈 심리학도입니다.”

본인이 치료하던 환자가 자살해서 우울증이 시작된 간호사 다은을 보며, 처음 나를 면담하며 우울증 진단을 내려주신 A 병원의 H 선생님과 K 대학교병원 J 전공의 선생님, 그리고 지금의 H 교수님이 떠올랐다. 이분들의 애씀을 알기에 더 이상 자살을 시도하지 말아야겠다고 생각했다. 나는 충동성이 짙어 지키기 어려울 수도 있겠지만, 굳게 다짐해본다. 그리고 우리 가족과 내 지인들을 절대로 자살 생존자로 남겨두지 않아야겠다는 결심을 하게 해준 작품이다. 하지만 동시에 만약 심리상담가가 되었을 때 내담자가 자살로 생을 마감했다는 소식을 듣는다면 내가 과연 견딜 수 있을까 하는 생각도 들었다. 정신병동 간호사 다은을 보며 ‘과연 저 상황에서 나는 어떻게 했을까?’라고 혼자 생각해보기도 했다.

정신병동에 여러 번 입원하면서 든 생각은 정신장애가 그렇게 이상하지 않다는 것을 더 많은 사람이 알아야 한다는 것이다. 또한 정신장애인들을 위한 제도적인 지원과 조직적으로 돕는 단체들이 많아져야 한다는 점이다. 그래서 나는 사회의 미비한 부분들에 조금이라도 이바지하기 위해 예전에 포기했었던 대학원 진학에 대해 다시 긍정적으로 생각해 보고 있다. 물론 우울증으로 휴학과 복학을 반복하며 바닥을 내리친 내 학점을 생각하면 대학원 진학이 가능할지는 모르겠지만 말이다.

〈정신병동에도 아침이 와요〉 이 작품은 내게 아주 소중한 드라마이다. 극 중의 정다은 간호사가 그랬듯 나에게도 반드시 아침이 온다는 사실을 꼭 잊지 말아야겠다.

블루의 Talk

심리학과에 가고 싶었던 채은의 인생이 쉽지 않았다는 것을 느끼게 해주는 글이었다. 그녀의 노력을 통해 심리학과에 붙은 것일 테니 나는 채은이 꼭 꿈을 이루었으면 좋겠다. 우울로 힘든 우리에게도 언젠가는 반드시 해가 쨍쨍한 아침이 올 테니까 말이다.

"극 중의 정다은 간호사가 그랬듯
나에게도 반드시 아침이 온다는 사실을 꼭 잊지 말아야겠다."

/ 22

내 마음을 녹여준 초콜릿

내가 위로가 필요한 순간마다 보는 드라마가 있다. 내 인생 드라마 중 하나는 바로 배우 윤계상, 하지원 주연의 〈초콜릿〉이다. 드라마 〈초콜릿〉을 한마디로 표현하면 '따뜻한 위로'였다.

다음은 드라마 〈초콜릿〉의 기획 의도 중 일부이다.

"어디를 봐야 할지도 모르겠고, 어디로 가야 할지도 모르겠고, 살아왔던 모든 게 무의미해지고 자신이 초라해져 그냥 이대로 먼지처럼 사라져버렸으면 좋겠다고 생각한 적이 있었다."

나는 이 대목에 아주 깊이 공감할 수 있었다. 나도 그렇게 생각했기 때문이다. 그래서 나는 이 드라마를 보는 내내 나의 상황과 나의 아픔들을 나 스스로 어루만질 수 있었다.

내가 했던 자살 시도와 휴학에 대한 생각이 아직 정리되지 않았던 2019년 11월 말, 드라마 〈초콜릿〉이 방영되었다. 나에게 많은 생각을 하게 해준 〈초콜릿〉. 삼풍백화점 붕괴 사고에서 생존한 여주인공 문차영과 해외 봉사를 하러 갔다가 사고를 당한 이강의 모습 속에 나의 상처가 오버랩되었다.

어릴 때 인연으로 오랫동안 그리워했던 이강을 어른이 되어 의사와 환자로 만나게 된 문차영의 상황과 계속해서 엇갈리는 안타까운 상황들까지. 내 마음은 두근거렸고 또 한편으론 슬프기도 했다. '혹시 나도 내가 놓쳐버린 인연들을 어느 순간 다시 만나게 된다면 어떨까?' 하고 상상할 수 있었다.

호스피스의 환자들은 그들이 죽음에 가까워져 있을 때도, 그들의 인생을 살아갔다. 그들이 가진 추억들을 생각하며 갈망했고 삶에 대한 애착을 끝까지 보여주었다.

"삶은 소중하다. 그러므로 살아 있는 모든 순간을 사랑하라."

아직 살아 있는 나의 시간이 얼마나 소중하고 감사한 일인지 깨닫게 되었다. 내가 하찮게 여겼던 나의 과거를 알기라도 하듯 드라마 〈초콜릿〉은 어느 순간 따뜻한 위로가 되었다.

이것이 바로 내가 이 드라마를 나의 인생 드라마로 꼽는 이유이다.

우리는 또 어디쯤에서 길을 잃을 것이고, 해결되지 않은 절망으로 주저앉기도 하겠지만 희망을 버리지 않는 한 어떤 것도 우릴 무너뜨릴 수 없다는 사실을 다시 기억해낼 것입니다.

– 드라마 〈초콜릿〉 최종화

블루의 Talk

나는 내가 직접 드라마를 챙겨 보는 스타일이 아니다. 가끔 엄마가 보는 것을 따라 보는 것을 제외하면 나는 드라마에 그다지 관심이 없는 삶을 살고 있다.

그런데 이 글을 읽어보니 〈초콜릿〉이라는 드라마는 삶에 희망을 주는 작품 같다는 생각이 들었다.

"우리는 또 어디쯤에서 길을 잃을 것이고,
해결되지 않은 절망으로 주저앉기도 하겠지만
희망을 버리지 않는 한 어떤 것도 우릴 무너뜨릴 수 없다는 사실을
다시 기억해낼 것입니다."

/ 23

나를 위로해준 유명인들에게

"배우 ○○○ 씨가 스스로 생을 마감했습니다." 잊을 만하면 들려오는 유명인들의 자살 소식이 우울증을 앓고 있는 나에겐 결코 도움이 되지 않았다. 사회적으로 존경받거나 유명한 사람의 죽음, 특히 자살에 관한 소식에 심리적으로 동조하여 이를 모방한 자살 시도가 잇따르는 사회현상을 '베르테르 효과'라고 한다. 우울증이 심했을 땐 그런 뉴스가 들려오기만 하면 자살하는 내 자신을 상상하고 실제로 계획하기도 했다.

하지만 나는 '베르테르 효과'와 상반되는 경험을 한 적이 더 많다. 드라마와 영화를 보면서 '내가 아무리 힘들어도 저 주인공처럼 꿋꿋이 버텨서 잘살아봐야지.'라며 삶의 의지를 굳게 다짐하곤 했다.

사실 이 책을 집필하며 여러 고비가 있었다. 블루와 글을 쓰기로 하고 출판사와 계약을 마친 상태였음에도 나는 죽음을 떠올렸었다. 그렇게 위태로웠던 상황에 보게 된 드라마가 바로 앞에서 다루었던 〈정신병동에도 아침이 와요〉이다. 그때 나는 무조건 넷플릭스에 들어가 아무거나 보다 보면 자살하고 싶다는 생각이 사라지지 않을까 하는 마음에 하나를 클릭했는데 그것이 바로 〈정신병동에도 아침이 와요〉였던 것이다. 그렇게 자살 충동을 잠재웠고 또 하루를 무사히 살아냈다. 이미 이야기했던 작품 외에도 〈더킹 투하츠〉, 〈슬기로운 의사생활〉, 〈그 겨울, 바람이 분다〉, 그리고 〈미스터 션샤인〉은 모두 내가 5~10회 이상씩 정주행한 드라마이다. 나의 상황과 비슷했던 극 중 주인공에게 공감하고 마음에 드는 대사나 기억에 남는 회차는 반복적으로 돌려보며 요동치는 내 감정을 정리했다.

나는 W 배우님을 참 좋아한다. 어느 설 연휴, 홀로 집에 남아 W 배우님이 나온 영화를 시청했던 그때부터 나는 그의 팬이 되었다. 그는 탁월한 연기자인 동시에 유명인으로서 자신의 책임을 다하며 불합리한 사회 시스템이나 사회적 약자에 대해 스스럼없이 표현했다. 그런 그가 정말 멋있어서 지금까지 그를 응원하고 있다.

내가 힘들었을 당시 W 배우님은 새로 찍은 영화를 홍보하느라 바쁜 나날들을 보내고 있었다. 그 모습을 SNS로 유심히 지켜보던 어느 날 내게 우울함이 다시 찾아왔고 팬레터로나마 우울감을 떨쳐내야겠다는 생각이 들었다. 배우님은 바쁜 일정에 내 글 정도는 안 읽고 지나칠 것이라는 생각을 하니 오히려 내 마음속 이야기가 술술 나왔다. 내가 우울해진 이유와 그런데도 그를 응원한다는 내용의 편지를 보내고 나니 어느새 우울감 대신 후련함이 내 마음을 가득 채웠다. 한마디로 팬레터 작성은 내게 힐링 요법 같은 것이었다. W 배우님이 그때 내 편지를 읽으셨는지는 모르지만, 그의 존재 자체가 죽음을 생각하던 내게 삶을 다시 살 수 있는 원동력이 되었으니, 그것만으로도 난 감사하다.

유명인들은 항상 대중 앞에 나서서 평가받아야 한다. 그것이 그들이 받는 사랑의 대가이니 어느 정도 감내해야겠지만 우리 같은 일반인이 감히 짐작할 수 없는 불안함과 공포에 늘 노출된 채로 살아가는 그들을 우린 조금 유연한 시선으로 바라보아야 한다고 생각한다. 그들도 누군가의 소중한 가족이고 친구라는 생각으로 비난이 아닌 비판을 했으면 좋겠고

손가락질이 아닌 응원을 더 많이 하는 그런 사회가 되길 간절히 바란다. 뒤숭숭한 연예계에서 버티고 있을 모두에게 나는 꼭 말하고 싶다.

"당신이 나를 살렸어요. 당신의 직업으로 인해 힘든 일이 많겠지만 그래도 당신을 항상 응원하는 팬들을 생각하며 잘 견디길 바라요. 유명인을 따라 자살하는 것이 사회적 문제로 떠오르는 요즘, 오히려 연예인이 우울증과 함께라도 잘 살아가는 모습을 보여주면서 또한 연기 안에서 긍정적인 캐릭터를 잘 표현하면 저처럼 희망을 갖고 바른 삶을 선택하는 사람도 있다는 것을 당신이 꼭 알았으면 좋겠어요. 우리 함께 힘내봐요!"

블루의 Talk

나도 유명인이 자살했다는 뉴스를 보면 죽고 싶은 충동이 올라오곤 했다. 앞으로는 유명인들이 스스로 세상을 등졌다는 소식이 들려오는 일이 없었으면 좋겠다. 연예인이라고 해서 정신과를 방문하는 걸 꺼리지 말고 자신의 정신 건강을 잘 챙겼으면 좋겠다. 그래야 그들이 대중들에게 긍정적인 에너지를 나눠줄 수 있기 때문이다. 공인으로서 지켜야 할 의무와 책임에 자신의 육체적, 정신적 건강을 정기적으로 점검하는 것도 꼭 포함되어야 한다고 생각한다.

"드라마와 영화를 보면서
'내가 아무리 힘들어도 저 주인공처럼 꿋꿋이 버텨서 잘살아봐야지.'라며
삶의 의지를 굳게 다짐하곤 했다."

/ 24

우울과 함께여도 잘 살아갈 수 있어요

어떤 책의 제목은 『나는 장애를 극복하지 않았습니다』이다. 나는 내가 가진 뇌병변장애도, 우울증도 극복할 대상이 아니라고 생각한다. 장애는 극복하는 것이 아니다. 장애는 그저 불편함에 익숙해지는 것뿐이다. 내 마음을 잘 말하지 못했던 당시 나의 의사 선생님께 어렵사리 이야기를 꺼낸 적이 있다.

"선생님 저는 언제까지 우울증 약을 먹어야 하나요? 제 우울증은 언제 나아지나요?"

나의 질문에 대한 선생님의 답은 내가 듣기에 좋은 소리는 아니었다.

"약을 먹는 게 귀찮고 불편하죠? 하지만 저는 채은 양이 취업하고 결혼할 때까지, 안정적인 생활을 할 때까지 약을 먹어야 한다고 생각해요."

어느 한 영상에서 정신과 의사가 자살 시도를 한 경험이 있는 사람들에게는 완치를 목적으로 치료하기보다 우울증과 함께 잘 살아갈 수 있다고 하는 것을 목표로 치료한다고 하는 것을 본 적이 있다. 나의 뇌병변장애라는 신체적 불편함도 내 우울증이라는 정신적 장애도 극복할 수 없는 것이다. 그저 함께 살아가야 하는 것이다. 처음 이 사실을 받아들이는 것이 매우 힘들었다. 나는 평생 약을 먹어야 하는 사람이고 정신건강의학과를 계속 다녀야 한다는 사실이 상당히 절망적인 일이었다. 하지만 정신건강의학과에 세 번이나 입원하면서 느낀 점은 의료진은 단 한 번도 완치를 목표로 치료하지 않았다는 것이다. 퇴원 전 의사 선생님이 내게 하신 말씀이 아직도 기억에 남는다.

"신체화된 증상이 완전히 사라질 때까지 입원하는 것은 바람직하지 않아요. 그 증상을 가지고도 일상생활하는 연습을 해야 하는 거지요. 그래서 퇴원을 종용하는 것이고요. 가슴이 조여오는 증상이 사라지려면 시간이 걸릴 거예요. 차라리 퇴원해서 일상생활을 하는 게 더 중요하다고 생각해요."

아마 선생님도 우울과 불안과 함께 살아내야 한다는 것을 나한테 알려주고 싶으신 듯했다.

나는 절망보다는 희망적으로 생각하기로 했다.

"우울과 함께여도 나는 살 수 있다."라고 말이다.

비록 우울하고 불안해 잠을 자지 못해도 여러 가지로 혼란스러운 정신 상태를 가지고 있어도 버텨내는 단단함만 있다면 결국엔 다 살아낼 수 있다는 것을 이 책을 읽는 모든 사람에게 꼭 강조해서 말하고 싶다.

블루의 Talk

나도 채은이 말한 것처럼 우울증을 꼭 극복해야 할 필요는 없다고 생각한다.

물론 극복할 수 있다면 정말 좋겠지만 우울증은 금방 재발하고 쉽게 완치되지 않는 병이다. 그건 채은이 가지고 있는 신체적 장애도 마찬가지일 것이다.

나는 조금 불편하더라도 힘든 시간만 잘 버텨내면 언젠가는 우리가 가진 아픔에 익숙해질 것이라는 생각이 든다.

"조금 불편하더라도 힘든 시간만 잘 버텨내면
언젠가는 우리가 가진 아픔에 익숙해질 것이라는 생각이 든다."

2장_채은의 이야기

3장

우리들의 병원 이야기

같이의 가치가 소중하다는 걸 깨달으며

/ 25

43병동에서의 우리, 서로를 만나다

우리는 K 대학교병원 43병동에서 처음 만났다. 친화력이 좋은 범이와 낯을 가리지 않는 엘라는 이미 입원 중이었고 그들은 갓 입원한 채은과 병실을 옮겨온 블루에게 먼저 손을 내밀었다.

블루는 우울증을 앓고 있다는 생각이 안 들 정도로 참 밝은 아이였고 채은 역시 그랬기 때문에 우리는 금방 친해졌다.

휠체어 생활을 하는 채은에게 범이, 엘라, 블루는 늘 큰 도움을 주었고 함께 이야기하고 웃으며 서로의 상처를 잊을 수 있었다. 그러던 어느 날 우리의 이야기를 나누다가 이야기를 글로 써서 책을 내보자는 의견이 나왔다. '어둠 끝에 빛이 있다'로 책의 콘셉트를 정하고 43병동에서 만난 것을 의미하는 '43 라이트' 모임명을 만들었다. 처음엔 넷이 함께 책을 내기로 기획했지만, 엘라와 범이가 예상보다 일찍 퇴원하면서 이번 책의 주 저자는 블루와 채은이 되었다.

우리는 그렇게 서로를 만났고 퇴원 후에도 한 달에 한 번씩 모여서 자조 모임을 하고 싶었지만, 심리 전문가가 없는 모임은 큰 도움이 되지 않을 거 같다는 생각에 자조 모임으로 이어지지는 못했다. 그래도 각자 퇴원 후 가끔 안부를 물어보는 사이로 남기로 했다.

블루와 채은의 Talk

우리에게 소중한 인연이 생긴 것이 참 감사하다. 하지만 요즘에는 연락이 잘 안 되는 엘라의 안부가 궁금하다. 그러나 분명한 것은 우리는 모두 어디에선가 우리 각자의 삶을 잘 살기 위해 노력하고 있을 것이라는 점이다.

"그러나 분명한 것은 우리는 모두 어디에선가
우리 각자의 삶을 잘 살기 위해 노력하고 있을 것이다."

/ 26

범이 아저씨 미안해요

채은은 굉장히 감정 기복이 심한 편이다. 앞서 얘기했지만, 그녀의 아빠는 정서적 아픔이 있는 딸을 전혀 이해하지 못했다. 어느 날 저녁 그는 우울증을 전혀 이해 못 한다는 내용의 상처가 되는 문자를 보냈다. 채은은 크게 충격을 받았고 그에게 반항하는 의미로 절대 해서는 안 되는 탈원을 하고 말았다. 막상 병원 밖을 나오니 갈 곳이 없어서 학교로 향했다. 간호사실에서 그녀의 탈원 사실을 알고 계속 전화가 왔지만 받지 않고 다만 범이에게서 오는 문자는 차마 무시할 수가 없어서 답을 해주었다. 문자 전송으로 핸드폰 위치 추적이 되어 경찰차가 출동하였고 결국에는 병동으로 돌아오게 되었다. 핸드폰도 압수당하고 개방 병동보다 더 많은 통제를 받는 보호 병동에서의 하룻밤은 정말 답답했다. 총 세 페이지 분량의 반성문과 앞으로의 치료에 임하는 각오를 제출하고 나서야 채은은 간신히 개방 병동으로 돌아올 수 있었다. 한 가지 달라진 점이 있다면 바로 범이가 채은을 대하는 태도였다. 범이는 채은을 보고 인사하지 않았고 대화도 하지 않았으며 마주쳐도 모른 척하였다. 나중에 들은 얘기로는 범이 본인이 채은에게 도움이 되지 않는다고 생각했다고 한다. 채은의 탈원이 범이에게는 크나큰 충격이었을 것이다. 범이도 마음이 아파서 치료 중인 환자인데 그동안 가까이 지낸 채은의 충동적인 탈원 사건이 범이의 정신 건강에도 안 좋은 영향을 미친 것은 사실이었다. 시간이 지나 범이는 먼저 퇴원했고 듬직한 아저씨의 모습으로 다시 만났다. 가끔 서로의 안부를 물어주고 응원하는 사이로 남아 있다.

채은이 탈원을 했을 때 진심으로 걱정하며 돌아오라고 흐느끼던 핸드폰 너머의 범이 목소리는 채은에게 오래도록 기억될 것이다. 짧은 입원 기간이었지만 그 안에서 많은 이들을 만나고 마음을 열어 감정을 주고받았다. 상처를 위로하면서 어느새 함께 희망에 관해 이야기하는 우리의 모습을 발견했을 때의 기쁨은 이루 말할 수 없을 정도로 소중한 감정이었다.

"범이 아저씨 미안해요. 아저씨는 43병동의 든든한 울타리 같은 분이었어요. 그 때문에 아저씨한테는 조금은 못난 모습을 보여도 괜찮을 거라는 생각이 제 무의식 속에 있었나 봐요. 저의 충동적인 잘못으로 아저씨에게 상처를 준 것은 정말 제가 잘못한 거예요. 아빠의 문자가 저를 너무 화나게 했고 걱정해주는 아저씨나 의료진도 생각나지 않을 만큼 제정신이 아니었나 봐요. 정신을 차려 보니 저의 충동 행동을 후회하면서 돌아갈 명분을 찾기 위해 아저씨와 연락했던 거 같아요. 아저씨가 제게 마음을 닫은 후 며칠 뒤에 써드린 편지를 읽고 마음을 풀어줘서 고맙습니다. 그리고 가끔 잘 지내고 계신다는 안부 전화와 문자를 보내주셔서 감사합니다. 다시 만나는 날까지 건강하고 행복하게 지내세요."

블루와 채은의 Talk

채은의 탈원은 분명 섣부른 행동이었다. 하지만 그 일을 계기로 오히려 채은을 아끼고 걱정하는 사람들이 많다는 것을 깨닫게 되었으니, 채은에게 도움이 되지 않을까 싶다.

“상처를 위로하면서 어느새 함께 희망에 관해
이야기하는 우리의 모습을 발견했을 때의 기쁨은
이루 말할 수 없을 정도로 소중한 감정이었다.”

43병동의 수호천사: 간호사 선생님들

채은은 간호사 선생님들을 보면 왠지 마음이 짠해진다. 왜냐면 채은의 쌍둥이 동생 체리가 지금 서울에 있는 한 대학병원에서 간호사로 근무하고 있기 때문이다. 그 덕분에 간호사 선생님들이 3교대를 하시는 것도, 그리고 그 3교대가 얼마나 힘든 건지도 어렴풋이 알고 있다. 그래서 병원에 갈 때면 의사 선생님들보다 간호사 선생님들한테 더 정이 많이 가는데 대인 관계 문제로 입원한 채은에게 간호사 선생님들은 정말 큰 힘이 되어주셨다. 채은은 휠체어를 타고 지내서 처음에는 간병인 이모님의 도움을 받았었다. 하지만 워낙 자립적으로 살아왔고 샤워하는 것을 제외하면 혼자 생활하는 게 가능했기 때문에 담당 교수님께서는 채은에게 상주 보호자는 필요하지 않을 것 같다는 소견을 내놓으셨다. 그래서 그 이후에는 상주하시던 간병인 이모님을 보내드리고 혼자 생활하며 오전에만 장애인활동지원사 선생님의 도움을 받았다. 이외의 시간에는 채은이 넘어지거나 도움이 필요하면 간호사 선생님들이 도와주셨는데 그녀가 여간 무거운 게 아니라서 특히 여자 간호사 선생님들에겐 조금 버거운 환자였다. 그뿐만 아니라 약을 먹고 바로 침대에 눕지 않아 휠체어에서 졸다가 바닥에 떨어져버린 일도 몇 번 있었는데 그때도 말없이 채은을 올려주셨다. 그리고 속이 안 좋아서 밤마다 구토할 때도 괜찮냐고 다독여주시면서 침대 시트를 갈아주셨다. 채은이 탈원했을 당시에 간호사 선생님이 놀란 토끼 눈이 되어 채은을 찾으러 다니셨다. 채은은 그분들이 말썽 피워 도망갔던 환자 하나를 찾으려고 얼마나 고생하셨을지에 대해 생각하게 되었다. 경찰에 신고하고 긴밀히 협의하면서 끊임없이 설득하셨을 43병동의 간호사 선생님들을 생각하면 정말 죄송하고 또 감사하다. 정신건강의학과 병동의 간호사 선생님들은 정말 위대하다고 생각한다. 마음이 아픈 환자들이 모여 있으니 자해하는 환자들도 있고 감정을 주체하지 못하고 불안함을 표출하는 환자들이 대다수이다. 그 수많은 감정의 소용돌이 속에서 휩쓸리지 않고 중심을 딱 잡고 환자들을 보살피는 간호사 선생님들은 정말 훌륭하신 존재라는 생각이 든다. 채은도 분명 간호하기 쉽지 않은 환자 중 하나였을 것이다. 그런데도 따뜻하게 대해주셨던 간호사 선생님들 덕분에 43병동에서의 하루들이 좋은 시간으로 가슴에 남을 것 같다.

블루도 채은만큼이나 간호사 선생님들께 감사하고 애틋한 마음을 가지고 있다. 블루는 채은보다 입원을 더 자주 했고 그만큼 43병동의 선생님들도 잘 안다. 간호사 선생님들은 블루가 아프다고 징징거려도 차분히 약 주시고 안정을 취하게 해주셨다.

우리가 만약 간호사 선생님들을 또 만나게 된다면 그건 우리의 상태가 다시 안 좋아졌다는 뜻이니 그건 피해야겠지만 나중에 상태가 많이 호전되면 맛있는 것 사 들고 43병동으로 가서 감사의 인사를 꼭 드리고 싶다.

블루와 채은이 함께 인사합니다!

"43병동이 평화롭도록 언제나 함께해주셔서 고맙습니다. 선생님들은 수호천사처럼 우리를 늘 지켜주셨어요. 그 기억을 절대 잊지 않고 항상 감사히 생각할게요!"

블루와 채은의 Talk

우리가 입원했을 때 가장 우리와 대화를 많이 하고 살뜰하게 우리를 챙겨주신 간호사 선생님들이 정말 보고 싶은 요즘이다. 우리들의 수호천사 간호사 선생님들이 언제나 안녕하시길 우린 간절히 바랄 것이다.

"수많은 감정의 소용돌이 속에서 휩쓸리지 않고
중심을 딱 잡고 환자들을 보살피는 간호사 선생님들은
정말 훌륭하신 존재라는 생각이 든다."

/ 28

우리의 회복 도우미: 전공의 선생님들

어쩌면 교수님들보다 우리를 더 잘 아는 사람들은 매일 약물을 조절해주시고 우리와 면담을 해주시는 전공의 선생님들일 것이다.

채은은 J 선생님, 블루는 S 선생님과 함께 매일 면담 치료를 진행했다. 의대 6년, 인턴 1년을 마치고 정신건강의학과 전문의가 되기 위해 수련하고 계시는 전공의 선생님들은 입원 환자에게는 정말 최고의 회복 도우미가 되어주신다. 감히 예언하건대 J 선생님과 S 선생님은 나중에 환자들이 줄을 서서 기다리면서까지 치료받고 싶어 하는 오은영 박사님 같은 최고의 정신건강의학과 전문의가 되실 것 같다. 왜냐하면 지금도 늘 진심으로 환자들을 대하고 계시고 무엇보다 정말 훌륭한 교수님들 밑에서 수련받고 계시기 때문이다. 블루의 전공의 S 선생님이 잠시 자리를 비우셨을 때, 채은을 담당했던 J 선생님이 블루와도 면담을 해주셨다. 그리고 채은이 탈원했던 그 밤의 당직 선생님이 S 선생님이셨다. 그래서 우리는 우리를 위해 최고의 회복 도우미가 되어주신 선생님들께 감사 인사를 전하고자 한다.

① 블루가 S 선생님께: “제 전공의가 되어주셔서 너무 감사해요. 선생님과 얘기하면서 불안감도 없었고 안정을 되찾을 수 있었어요. 옛날에 라이언 인형 선물로 주신 것도 여전히 잘 간직하고 있어요. 그동안 감사했습니다.”

② 블루가 J 선생님께: “S 선생님이 계시지 않을 때 S 선생님의 빈자리가 너무 크면 어쩌나 하고 걱정했었는데 저의 이야기를 잘 들어주셔서 불안하거나 힘들지 않았어요. 정말 진심으로 저를 대해주신 덕분에 마음이 편안했었습니다. 정말 고맙습니다.”

③ 채은이 J 선생님께: “제가 편하게 마음을 정리할 수 있도록 도와주셔서 덕분에 잘 회복했습니다. 제가 말씀

도 많이 피웠는데, 인내하시며 바른 생각과 행동을 할 수 있도록 끌고 가주셔서 정말 감사했습니다. 탈원으로 놀라게 해드려 죄송했습니다. 치료도 받기 싫어하고 선생님께 반항하고 싶다는 마음을 가진 적도 많았던 것 같아요. 그런데도 저를 포기하지 않아주셔서 감사합니다."

④ 채은이 S 선생님께: "제가 탈원했을 당시, 당직 선생님이 S 선생님이라 참 다행이라는 생각이 들었어요. 그때 제가 안전하게 병원으로 복귀할 수 있도록 잘 설득해주셔서 정말 감사했습니다. 그리고 세 번째 입원을 시켜달라며 초점 없는 눈으로 외래에 온 저를 잘 다독여주셔서 정말 감사했어요. 그때 진짜 죽고 싶었는데 선생님이 며칠만 더 견뎌보자고 하셔서 잠시나마 마음을 고쳐먹을 수 있었어요."

블루와 채은의 Talk

순종적이었던 블루와 의사 선생님께 마음을 여는 데 시간이 좀 걸렸던 채은은 전공의 선생님들을 떠올릴 때마다 면담 시간이 그리워진다. 그만큼 우리에게 믿음을 많이 주셨다는 뜻일 것이다. 우리는 언제나 J 선생님과 S 선생님께 감사한 마음을 가지고 열심히 살아갈 것이다.

"전공의 선생님들을 떠올릴 때마다 면담 시간이 그리워진다.
그만큼 우리에게 믿음을 많이 주셨다는 뜻일 것이다."

우리의 든든한 아군: 교수님들

우리는 교수님들이 늘 그립다. 그 누구보다 우리를 잘 아시는 것 같고 언제나 우리 편이 되어주시지만, 대학병원의 특성상 외래 진료 때는 그리 긴 얘기를 하지 못하기 때문이다. 입원 중에도 매일 면담하는 것은 전공의 선생님들의 몫이지 교수님들과 오래 얘기할 수 있는 환경은 아니다. 그럼에도 우리가 가장 믿는 분들은 K 대학교병원 정신건강의학과 교수님들, 특히 H 교수님과 P 교수님이다.

다음은 채은이 H 교수님에 관하여 쓴 글이다.

내가 첫 번째 퇴원을 하고 얼마 지나지 않아 다시 입원했을 때 나는 교수님한테 전공의 선생님을 바꿔달라고 앙탈을 부린 적이 있다. J 선생님이 싫어서가 아니라 창피했기 때문이다. 1차 퇴원 당시 나는 마치 다시는 안 올 것처럼 선물을 준비하고 편지까지 남기고 떠났었다. 그런데 다시 만나서 면담을 받으려니 너무 부담스러워서 교수님한테 메일까지 보내며 제발 전공의 선생님 좀 바꿔달라고 했었다. 교수님이 안 된다고 답장해주셨지만 난 그래도 너무 창피해서 간호사 선생님께 하소연하려고 스테이션으로 갔다. 그때 마침 교수님께서 보호 병동으로 가시는 길이었는지 스테이션을 지나가셨다. 그리곤 내게 물으셨다.

"여기에서 뭐 해요?" 그래서 내가 대답했다. "전공의 선생님 바꿔달라고 말하려고요. 너무 창피해요."

그러자 교수님이 말씀하셨다. "안 됩니다. 그건 이유가 될 수 없어요." 교수님이 내 얼굴을 보시진 않았지만 난 상당히 속상한 얼굴로 "저 교수님 바꿀 거예요!"라고 말했다.

그랬더니 여전히 시선을 문 쪽에 두신 채로 "제발 좀 바꿔요. 제발!" 이러고 다시 걸어가셨다. 교수님도 본인의 말이 웃기셨는지 살짝 웃으시는 것 같았고 우리의 대화를 듣고 계시던 간호사 선생님께서는 미소를 머금고 나를 보고 병실로 그만 들어가라며 손짓하셨다.

실제로 나는 H 교수님을 약 2년간 떠났었다. 이유는 교수님이 내가 집에서 약물 자해를 한 것을 아시고도 나를 한번 믿어 보겠다고 하셨는데 그 며칠 새 내가 자살 시도를 했기 때문이었다. 한마디로 날 믿어주신 교수님의 얼굴을 뵐 면목이 없어서 다른 개인 병원에 다녔다. 그런데 2021년도에 자살 시도를 또 했고 나는 D 대학병원에서 입원 치료를 받았다.

그때 예후가 좋았기에 엄마는 내게 이렇게 제안했다.

"그냥 다시 복학하면 H 교수님한테 가자. 아무리 그래도 대학병원에 계신 교수님이 널 치료하시는 게 너한테는 더 안전할 것 같아."

나도 엄마 말에 동의해서 지금까지 H 교수님과의 인연을 이어오고 있다. 내가 방황할 때 처음에 교수님은 나를 어르고 달래셨다. 하지만 내가 문제 행동을 멈추지 않자 점점 잔소리에서 호통을 치며 내게 조언하셨다. 그때 아주 삐딱했었던 나는 교수님의 우려 섞인 잔소리를 듣기 싫어서 개인 병원으로 다시 가려고 계획했었다. 하지만 엄마의 강력한 반대에 부딪혀 억지로 교수님을 만났었다. 결국 사건 하나가 터지고 나서야 나는 그 문제 행동을 멈췄고 그 행동을 했는지 안 했는지 진료 때마다 물어보시던 교수님도 점점 그것에 관한 질문을 하지 않으시고 천천히 즐거운 일상을 살아가는 나를 많이 응원해주셨다. 어느 정도 안정을 되찾고 교수님과의 면담을 되돌아보고 나서야 교수님께서 내게 하신 잔소리는 모두 나를 향한 걱정이었다는 것을 깨달을 수 있었다.

어느 날 엘라가 내게 말했다.

"채은아 내가 여기 오래 있어봐서 아는데 H 교수님이 너를 유독 각별하게 생각하시는 것 같아. 넌 잘 모르겠지만 다른 환자 대할 때랑 널 대하실 때 모습이 조금 달라. 그래서 넌 K 대학교병원에 계속 다녀야 해."

교수님이 날 어떻게 생각하시는지는 교수님 본인만 아실 것이기 때문에 난 모르지만 나도 입원 기간을 통해 우리 H 교수님에 대한 애착 혹은 유대감이 확 올라간 것 같긴 하다. 앞으로는 협조적으로 교수님 말씀을 따라보려고 노력해야겠다.

다음은 블루가 P 교수님에 관하여 쓴 글이다.

우리 교수님은 무뚝뚝하시지만 언제나 필요한 조언은 꼭 해주신다.

내가 이리저리 방황할 때 같이 고민해주시고 내가 자살을 시도하면 "그러면 안 되지!"라고 말씀하시며 입원을 권해주시기도 했다. 교수님이 날 아껴주시는 거 같아 교수님 진료를 보는 날이 기다려질 때도 있다.

위로도 현실적으로 해주셔서 가끔 정신 차려야겠다는 생각도 들게 해주신다.

"K 대학교병원 교수님들! 사고뭉치인 우리를 때론 따뜻하게 가끔은 따끔하게 대해주시고 치료해주셔서 감사합니다. 앞으로 열심히 노력해서 밝은 일상을 살아갈게요."

그렇게 우리는 가까운 곳에 든든한 아군 한 명씩을 두고 우울과 함께 살아가고 있다.

블루와 채은의 Talk

우리의 든든한 아군이신 교수님들이 행여나 다치시거나 어디론가 떠나버리시진 않을까 걱정한 적이 있다. 교수님들이 사라지신다면 우리는 새로운 의사 선생님을 만나서 적응해야 하는 시간을 가져야 할 것이다. 그리고 우린 그것이 얼마나 힘든지 잘 알고 있다. 그래서 우리를 위해 교수님들이 항상 건강하셨으면 좋겠다.

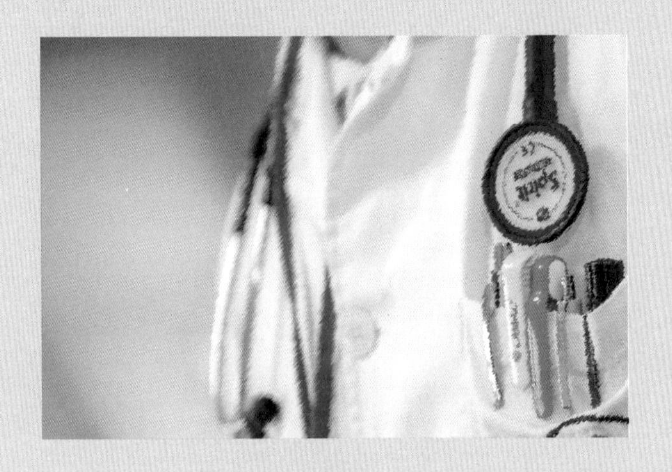

"우리는 가까운 곳에 든든한 아군 한 명씩을 두고
우울과 함께 살아가고 있다."

/ 30
블루와 채은, 하나가 되다

블루는 채은을 보면 공허함이 사라지는 것 같았다.

채은이 휠체어를 타서 블루가 도와주다 보면 잡생각도 사라지고 봉사한다는 기분이 들어 열심히 도와주고 싶다고 생각했다.

다른 사람들은 도와주지 말라고 했지만 안 도와주기에는 마음에 걸려 계속 채은에게 도와줄 거 없냐며 물어봤다.

채은은 도움이 필요 없다고 하지만 가끔 넘어져서 간호사 선생님을 불러야 하는 상황이 있어서 블루가 간호사 선생님을 대신 불러주는 일도 종종 있었다.

채은과 블루는 비슷한 가정환경에서 자라 통하는 것도 많았다. 평소에는 엄마와 사이가 좋으나 한 번 싸우면 서로 대못을 박으며 싸운다는 점이 특히나 비슷했다.

채은한테 블루는 참 미안하고 고마운 동생이다. 무엇보다 우울증이나 우리의 꿈과 목표에 대해 가족들에게 이해받지 못한다는 점에서 강한 동질감이 느껴졌다. 언젠가 채은은 블루가 그녀의 친이모와 통화하며 우는 모습을 보고 들었던 적이 있다. 채은은 블루와의 인연이 운명 같다고 생각했다. 블루가 그녀의 이모한테 들은 가시 같은 말들이 채은이 지인들한테서 들은 말과 토씨 하나 안 틀리고 똑같았기 때문이다.

채은은 몸이 불편해서 블루의 도움을 많이 받았는데 그때마다 블루는 채은이 불편해하지 않도록 웃고 농담하며 채은을 도와줬다. 그래서 채은은 블루가 때론 친동생처럼 느껴지고 이것저것 챙겨주고 싶은 마음이 든다. 블루와 채은은 워낙 죽이 잘 맞는 것 같다. 그렇게 점점 우리는 하나가 되어가고 있다.

블루와 채은의 Talk

블루는 채은을 도와주는 게 즐거웠는데 채은은 블루에게 도움을 받을 때마다 미안한 감정이 들었다고 하니, 같은 일이어도 서로 다른 감정을 느낄 수도 있다는 점이 신기했다.

"그렇게 점점 우리는 하나가 되어가고 있다."

4장

가끔 괜찮지 않은 우리를 안아주는 법

삶에 지친 우리를 위하여

/ 31

괜찮지 않아도 괜찮아요

"왜 살아야 하는데요?"라는 질문은 끊임없이 우리를 괴롭힌다. 그때부터 우리는 자해하거나 자살하는 상상을 한다. 가끔 괜찮지 않아서 우리의 생명을 위태롭게 하는 행동을 하지만 지금의 우리는 죽고 싶은 마음이 드는 것이 진짜로 죽고 싶다는 뜻이 아니라 이렇게 살고 싶지 않다는 무의식의 표현인 것을 잘 알고 있다. 가끔 괜찮지 않아도 괜찮은데, 막상 자살하고 싶다는 생각이 들면 자신을 스스로 안아주지 못하고 절망 속에 빠져 힘들어할 때가 많다.

그래서 4장에서는 우울감이 폭풍처럼 밀려올 때 우리를 지키는 방법을 적어보려고 한다. 이 책의 부제목처럼, 우울을 잘 끌어안을 수 있을 때 행복한 일상이 되돌아오기 때문이다.

첫 번째 방법은 "괜찮지 않아도 괜찮아."를 소리를 내 하루에 세 번 열 번씩 말하는 것이다. 이것은 마치 "나는 할 수 있다."를 반복적으로 외치는 것과 비슷한데 우울한 생각이 들

때면 '괜찮아, 곧 지나갈 거야.'라고 자꾸만 되뇌는 것이 중요하다. 거울을 보며 말해도 괜찮고 노트에 깜지를 적는 것처럼 반복적으로 긍정적인 말을 써보는 것도 좋은 방법인 것 같다.

그렇게 하다 보면 우울감으로만 가득 찼던 우리의 뇌가 서서히 밝은 생각을 할 수 있는 상태로 돌아올 것이다.

블루와 채은의 Talk

긍정적으로 생각하는 것, 긍정의 말을 계속하는 것이 우리에게 도움이 된다는 사실은 모두가 잘 알고 있다. 하지만 알고 있는 것과 알고 있는 것을 실제로 적용하는 일은 다른 문제이다. 그러니 지금부터라도 알고 있는 것을 실천해보는 게 어떨까.

"우울감으로만 가득 찼던 우리의 뇌가
서서히 밝은 생각을 할 수 있는 상태로 돌아올 것이다."

/ 32
나만의 심리적 안전 기지를 만들어라

같이 있으면 편안하고 마음이 안정되며 예민함이 줄어드는 그런 존재가 바로 '심리적 안전 기지'이다. 그것이 사람일 수도 있고, 자신이 좋아하는 운동 등과 같은 취미가 될 수도 있다. 채은의 안전 기지는 친구 환이, 그리고 조셉이다.

그들은 그녀가 힘들어할 때마다 이야기를 들어주고 다 울고 마음을 진정할 때까지 기다려주었다. 블루의 안전 기지 또한 친구들이고 센터 선생님들이었다.

어느 날 채은의 친구 환이가 말했다.

"내가 네 얘기를 맨날 듣는 것도 아니고 이렇게 시간을 줄 때는 이야기해도 돼."

채은의 또 다른 안전 기지인 친구 조셉은 계속 우울한 얘기만 한다며 미안해하는 채은을 다독여주며 이렇게 말했다.

"내가 너의 이야기를 들어주는 것이 너에게 도움이 된다면 난 그것으로 만족해. 오히려 네가 이렇게 다 얘기해주는 게 나는 고마워."

그리고 블루의 안전 기지인 센터 선생님도 블루가 부모님과의 갈등으로 힘들어할 때 조언해주시고 도움을 주시려고 했다.

자신의 마음을 알아주는 사람이 한 사람만 있어도 그 인생은 이미 성공한 것이라는 말이 있다. 우울을 끌어안고 잘 살고 싶다면 반드시 마음을 편안하게 해주는 무언가를 찾길 바란다. 그것은 우리가 힘들 때 기댈 수 있는 나무 같은 존재가 될 것이며 잠시 지쳐 쓰러져 있을 때 우리를 다시 일으켜 주는 원동력이 될 것이다. 꼭 가까운 사람이 아니더라도 삶을 이어나가야겠다는 동기를 줄 수 있는 인플루언서가 있다면 그들을 적극적으로 활용하여 불안하고 우울한 마음의 안전한 울타리를 잘 갖추어놓길 바란다. 그렇게 된다면 우울과 불안도 어느새 줄어들어 우리 마음에 편안함을 가져다줄 것이다.

블루와 채은의 Talk

심리적 안전 기지를 많이 만들어놓길 추천한다. 마음이 아픈 만큼 그 마음을 함께 나눌 수 있는 지지대가 많아진다면 훨씬 편안하게 안정적인 나날을 보낼 수 있을 것이다.

"반드시 마음을 편안하게 해주는 무언가를 찾길 바란다.
그것은 우리가 힘들 때 기댈 수 있는 나무 같은 존재가 될 것이며
잠시 지쳐 쓰러져 있을 때 우리를 다시 일으켜주는 원동력이 될 것이다."

/ 33

지피지기 백전백승

우울증을 앓는 우리가 가장 서러울 때는 우리와 가깝게 지내는 가족이나 친구들이 우리의 아픔을 이해하지 못할 때이다. 채은이 자신의 우울증을 이해하고 싶어 심리학과에 진학한 것처럼, 만약 우리가 정서적으로 힘든 시간을 보내고 있다면 그 힘듦에 관해 공부하는 시간이 필요하다. 우울증이라면 우울증에 대해 알아보고, 조울증이라면 조울증에 대해 검색하며, 공황장애라면 공황장애에 관한 책을 읽어보는 방식으로 우리의 아픔을 이해해야 한다.

채은은 자신의 우울증을 부모님이 조금 더 깊게 이해하길 바라는 마음으로 우울증에 대한 다큐나 시리즈물 링크를 보냈었다. 하지만 부모님은 그것을 거부했고 채은은 좌절감을 느껴야 했다. 그러던 어느 날 '내가 부모님께 수용받지 못한다면 내가 나를 수용해주면 되지 않을까?' 하는 생각이 들었다. 그래서 채은은 우울증에 대한 영상을 찾아봤고 우울증을 겪었던 다양한 사람들의 이야기를 담은 책을 사서 보기도 했다. 물론 일정 기간에 기분의 저하와 함께 전반적인 정신 및 행동의 변화가 나타나는 '우울 삽화'가 발현되면 공부한 걸 잊어버린 채 쉽게 우울감에 잠식당하곤 하지만 평상시에 약간의 우울감을 느낄 때면 영상을 보고 책을 읽으며 배운 것들이 생각나서 조금 쉽게 진정된다. 나를 알고 적을 알면 아무리 싸워도 이긴다고 했던가. 일단 우리가 앓고 있는 병을

잘 알고 있어야 투병하든 받아들이든 그다음 단계가 있는 것이다. 만약 주변 사람들이 이해하기를 거부한다면 슬퍼하지 말고 자기 자신을 이해해주기 바란다.

나를 제일 잘 아는 사람은 바로 나 자신이라는 말이 있듯이 우리가 우리 자신을 이해하지 못하면 타인으로부터 절대로 인정받을 수 없다. 그래서 제일 먼저 해야 하는 것은 나 자신을 이해하는 것이다. 그렇게 자기 자신을 이해하다 보면 어느새 자신에 대한 믿음도 굳건해질 것이다.

"자기 자신을 이해하다 보면
어느새 자신에 대한 믿음도 굳건해질 것이다."

/ 34

지금이 제일 중요합니다

우울증에 걸린 사람들은 주로 과거에 꽂혀 있다. 보통 이상과 현실의 괴리감을 느낄 때 우울증이 발병한다고 한다. 채은과 블루도 과거의 아픈 기억을 감당할 수 없어서 우울증을 앓게 되었다. 우울함에 잠식되면 우리는 어느새 현재가 아닌 과거로 돌아가 힘들고 괴로웠던 그때를 떠올린다. 우리가 입원하였을 때 선생님들은 우리가 반복적으로 내 탓 혹은 남 탓을 하며 후회하면 그 즉시 제동을 걸었다. 과거보다 현재를 더 중요시하며 당장 우리 눈앞에 놓인 것들이 무엇인지 생각할 수 있도록 도와주셨다. 우리가 아무리 과거를 후회한다 한들 시간을 되돌릴 수 있는 것이 아니니까 지금 당장 해야 하는 일 혹은 미래를 위해 준비해야 하는 것들을 찾으라고 하셨다. 어떤 일을 계획하고 그 일을 차분하게 조금씩 하다 보면 어느새 집중력이 높아져 우울해질만한 잡생각이 사라진다. 그래서 우울한 생각이 들 때면 무조건 자리에서 일어나 집중할만한 무언가를 찾아 움직여야 한다. 평화로운 일상을 살아가기 위해서 반드시 기억해야 하는 것은 우리는 지금의 시간을 잘 흘려보내야 한다는 것이다.

블루와 채은의 Talk

보통 아프다는 것을 환자 자신이 인식했을 때부터 치료가 잘 이루어진다고 한다. 그러니 우리에겐 아직 희망이 있다. 우린 우리의 마음이 아프다는 것을 알고 있고 현재를 살아내다 보면 언젠가는 우리에게도 반드시 밝은 미래가 온다는 사실을 믿고 있기 때문이다.

"평화로운 일상을 살아가기 위해서 반드시 기억해야 하는 것은
우리는 지금의 시간을 잘 흘려보내야 한다는 것이다."

/ 35

마음속 보험을 들어두고 과감히 쉼표를 찍으세요

블루와 채은에게는 마음속 보험이 있다. 그것은 바로 힘들고 지치면 언제든지 도움을 받을 수 있는 K 대학교병원이 우리 근처에 있다는 것이다. 채은이 D 대학병원에 입원하고 퇴원을 앞뒀을 무렵 채은은 자신의 전공의 선생님께 퇴원하고 나서 또다시 자살 시도를 할까 봐 두렵다고 말씀드렸던 적이 있다. 그리고 그때 전공의 선생님은 이렇게 답하셨다.

"자살 시도 이력이 있는 환자를 내보내는 게 불안한 건 의사도 마찬가지예요. 그럼에도 우린 환자들을 퇴원시키죠. 평생 병원에만 둘 수 없으니까요. 저는 채은 씨가 병원에 입원하는 걸 일종의 보험이라고 생각했으면 좋겠어요. 또다시 안 좋은 생각이 들면 그때는 입원해서 다시 치료받으면 됩니다. 그러니 너무 무서워하지 말아요."

채은이 K 대학병원에서 1차 퇴원을 할 당시에도 J 전공의 선생님은 불안해하는 채은을 안심시키며 말씀하셨다.

"일단 퇴원하고 버티는 게 너무 힘들면 다시 들어오면 되니까 한번 나가보죠."

그래서 그 말을 들은 채은은 이틀 후 다시 입원했다. 다시 입원한 것을 창피해하는 그녀에게 선생님은 이렇게 말씀하셨다.

"다시 입원한 것이 창피할 수는 있어요. 하지만 그때의 퇴원은 채은 양이 밖에 나가도 잘 살 수 있나 판단하기 위해 꼭 필요한 것이었어요. 저번에 퇴원할 때 힘들면 다시 입원하자고 얘기했었으니 자책하지 말아요."

정신건강의학과가 가깝다는 것과, 힘들면 언제나 쉬어갈 수 있는 43병동이 있다는 것 자체가 우리에게는 보험이다.

채은은 휴학하려다 '언제까지 피하기만 할 건데? 일단 해보자.'라는 생각에 쉬지 않기로 했다. 블루 또한 이전 학교에서 받은 상처 때문에 힘들지만, 다시 용기를 내보잔 마음으로 새로운 대학교에 입학하게 되었다. 우리가 이런 마음을 가질 수 있었던 건 우리가 마음속에 품고 있는 보험 때문이라고 생각한다. 우리는 그 보험 덕분에 언제든지 쉼표를 찍을 수 있다고 안심하며 도전하고 또 앞으로 나아간다.

각자 가진 마음속 보험은 다르겠지만 그 보험을 잘 간직하고 있다가 필요할 때 잘 써먹기를 바란다. 그것이 인생의 쉼표가 필요할 때 큰 자산이 될 것이라고 확신한다.

블루와 채은의 Talk

어떻게 보면 병원에 입원한다는 것이 단순한 마음의 보험이 아니라 쉼표를 찍는 방법의 하나라는 생각이 들었다. 마음속 보험이 없었다면, 그리고 우리 곁에 쉼표가 없었다면 지금쯤 우리는 어디선가 방황하고 있었을지도 모른다. 우리의 보험이자 쉼표인 든든한 뒷배 K 대학교병원에 다시 한번 고맙다는 인사를 하고 싶다.

"마음속 보험이 없었다면,
그리고 우리 곁에 쉼표가 없었다면 지금쯤
우리는 어디선가 방황하고 있었을지도 모른다."

에필로그

-K 대학교병원 H 정신건강의학과 전문의

최근 들어 청년층의 우울증과 자살은 갑자기 늘어나는 추세를 보이고 있습니다. 우울증은 한 가지 원인에 의해 나타나기보다는 생물학적, 심리학적, 환경적 요인들이 복합적으로 작용하여 나타나기 쉽습니다. 생물학적 요인의 대표적인 예로 부모 등 친족에게 우울증이 있었던 경우 우울증을 앓을 확률이 높아집니다. 성장 과정에서, 자란 환경에서 많은 스트레스를 경험할수록 성인기에 우울증이 나타나는 경우가 흔한데, 특히 최근에는 부정적 아동기 경험(adverse childhood experience)이라고 불리는 1) 정서 방임, 2) 신체 방임, 3) 가족원의 음주 및 약물, 4) 가족원의 만성 우울, 5) 가족원의 수감, 6) 부모의 별거 및 사망, 7) 가정폭력 목격 경험, 8) 정서 학대 피해, 9) 신체 학대 피해, 10) 성적 학대 피해, 11) 또래 폭력 피해, 12) 지역사회에서 폭력을 목격, 13) 집단 폭력 직접 피해 및 목격 등의 부정적 일상사를 보다 많이, 심하게 경험할수록 우울증을 앓을 가능성이 커지게 됩니다. 신경증적인 성격 경향, 완벽주의, 비관주의, 불확실성을 견디는 능력의 부진 등도 같은 일에 스트레스를 더 많이 경험하여 우울증으로 이어지게 되는 것 같습니다. 이 외에도 3년여간 코로나19를 경험하면서 사회적 고립감을 경험하고, 진학과 취업이라는 경쟁 상황에 놓인 데다, 앞으로 어떻게 사회적 또는 경제적으로 자립해야 할지 자신 없어 하는 한국 청년의 현실도 이들에게 늘어나는 우울증에 일부 원인을 제공하는 것으로 보입니다.

아직은 불확실한 미래와 우울증과 싸우고 있는 채은 양의 담당 의사로서는 불안과 자기 비하에 압도되는 상황에서는 극단적인 행동을 피하고, 현재 상황에서 해야 할 일을 우선 글로 적어본 다음, 정말로 도움이 필요할 때 주위 사람에게 도움을 요청할 것을 권하고 싶군요. 또한 고민에 대해 본인의 판단을 유보하면서 어떻게 문제를 해결할지 의견을 구하거나 조언을 받을 것을 권합니다. 매주 정기적으로 상담 기관에 방문하여 본인의 현 고민과 갈등에 대해 말하면서 스스로 생각을 정리하거나 이따금 필요한 조언을 받는 것도 도움이 많이 될 듯합니다.

오랫동안 우울증을 경험하고 우리 병원에 입원 및 치료를 받던 중 의기투합하여 이렇게 책을 내게 되신 두 분의 진솔한 자기 성찰 수기를 앞으로 많은 분이 보시고 경험을 공유하셨으면 좋겠습니다. 아울러 두 분이 그간의 어려움을 넘어서서 소소한 행복을 보다 많이 경험하시기를 기대합니다.

감사의 말

먼저 우리의 작은 이야기들을 책으로 만드는 데 함께해 주신 이다경 편집장님을 비롯한 모든 미다스북스 관계자 여러분께 감사 인사를 전합니다.

우울증 환자들을 비롯한 정신 질환으로 힘들어하고 있는 모두에게 이 책이 도움이 되길 바랍니다.

또한 우리의 우울증으로 많은 시간 고통을 받고 또 응원해 줬던 사랑하는 부모님과 우리의 친구들에게도 정말 고맙다는 인사를 전합니다.

책 소개 영상을 예쁘게 제작해준 Mr. K.ES와 최종 탈고 과정에서 글에 대해 많은 조언을 해주신 Mrs. Y.JS에게도 감사를 표합니다.

우리가 병원에 있는 동안 따뜻하게 보살펴주신 K 대학교 병원 43병동 간호사 선생님들과 우리를 맡아주신 전공의 J 선생님, S 선생님께 특별히 고맙습니다.

채은이 갓 스무 살을 맞이했을 무렵 우울증을 진단해주시고 병원을 무서워하지 않도록 초반에 잘 치료해주신 A 병원의 H 정신건강의학과 전문의 선생님, 그리고 채은과 매주 깊이 있는 상담을 해주셨던 K 대학교 P.JH 상담 선생님께도 진심으로 감사드립니다.

블루가 힘들 때 곁을 내어주신 청춘포레스트 센터 관계자 분들에게 감사드립니다.

그리고 무엇보다 저희의 행복한 일상을 위해 늘 아낌없이 조언해주시고 도와주시는 K 대학병원의 정신건강의학과 전문의 H 교수님과 P 교수님께 이 책을 바칩니다.

마지막으로 죽으려 했던 저희를 매번 살려주신 전지전능하신 하나님께 모든 영광을 돌립니다.